MUJERES QUE N

Planeta Internacional

CAMILLA LÄCKBERG

MUJERES QUE NO PERDONAN

Traducción de Claudia Conde

 Planeta

Obra editada en colaboración con Editorial Planeta – España

Título original: *Kvinnor utan nad*

© 2019, Camilla Läckberg
Publicado de acuerdo con Nordin Agency AB, Suecia
© 2020, Traducción: Claudia Conde

© 2019, Editorial Planeta S.A. – Barcelona, España

Derechos reservados

© 2020, Editorial Planeta Mexicana, S.A. de C.V.
Bajo el sello editorial PLANETA M.R.
Avenida Presidente Masarik núm. 111,
Piso 2, Polanco V Sección, Miguel Hidalgo
C.P. 11560, Ciudad de México
www.planetadelibros.com.mx

Primera edición impresa en España: mayo de 2020
ISBN: 978-84-08-22961-2

Primera edición en formato epub en México: julio de 2020
ISBN: 978-607-07-6870-5

Primera edición impresa en México: julio de 2020
ISBN: 978-607-07-6818-7

Impreso en los talleres de Litográfica Ingramex, S.A. de C.V.
Centeno núm. 162-1, colonia Granjas Esmeralda, Ciudad de México
Impreso en México –*Printed in Mexico*

PRIMERA PARTE

PREMIÈRE PARTIE

INGRID

Cuando su marido entró en la sala de estar, Ingrid Steen disimuló el objeto que tenía en la mano y lo escondió entre los cojines del sofá. Tommy pasó de largo.

Tras dedicarle una sonrisa fugaz y mecánica, prosiguió en dirección a la cocina. Ingrid oyó que abría el refrigerador y buscaba dentro, cantando entre dientes *The River*, de Bruce Springsteen.

Dejó el objeto donde estaba, se levantó del sofá y se acercó a la ventana. Los faroles de la calle batallaban con la oscuridad nórdica. Los árboles y arbustos parecían desnudos y retorcidos. En la casa de enfrente temblaba la luz de una televisión.

A sus espaldas, Tommy carraspeó y ella volteó.

—¿Qué tal fue tu día?

Ingrid lo miró sin responder. Su marido sostenía en una mano una albóndiga fría a medio comer y, en la otra, un vaso de leche. Le quedaba poco pelo; nunca había tenido mucho, pero a los treinta y tantos había tenido el buen gusto de raparse. Las faldas de la camisa estaban arrugadas, las había llevado por dentro de los pantalones desde la mañana.

—Bien.

Tommy sonrió.

—Me alegro.

Ingrid se le quedó mirando mientras se alejaba. «Tommy», nombre de obrero. «Bruce Springsteen», héroe de la clase obrera. Sin embargo, en cuanto lo nombraron director de *Aftonpressen* —el periódico más importante de Suecia—, se habían mudado a Bromma, un barrio habitado por la clase media acomodada y, en particular, por la élite mediática sueca.

En el estudio volvió a oírse el tecleo de la computadora. Ingrid regresó al sofá y empezó a buscar a tientas entre los cojines. Primero dio con un juguete antiguo de su hija Lovisa y lo sacó a la luz. Observó un momento el pequeño dinosaurio verde de ojos fijos y desproporcionados antes de depositarlo en la mesa de centro. Se inclinó otra vez sobre el sofá, encontró el aparato y salió al vestíbulo.

El ruido de dedos que tecleaban, impartían órdenes y cambiaban titulares se intensificó.

Ingrid descolgó el abrigo de Tommy del perchero. El kit de costura rectangular le presionaba la nalga derecha en el bolsillo trasero de los jeans. Ya en el piso de arriba, abrió la puerta del baño. Dejó el kit de costura sobre el lavabo, cerró la puerta con pestillo y bajó la tapa del inodoro. Rápidamente, descosió una parte del forro, introdujo en el hueco el aparato y comprobó que funcionaba. Con el dedo índice lo empujó, lo acomodó en el interior del forro y volvió a coser la tela satinada con un par de puntos.

VICTORIA

Tres años antes, Victoria se apellidaba Volkova, vivía en la populosa ciudad rusa de Ekaterimburgo y sabía vagamente que existía Suecia porque lo había estudiado en clase de historia. Ahora se llamaba Victoria Brunberg y residía en la pequeña localidad de Sillbo, a unos diez kilómetros de Heby, en el centro del país. Hablaba sueco con un fuerte acento y no tenía trabajo ni amigos. Dejó escapar un suspiro mientras vertía el té humeante en una taza del festival Sweden Rock.

Por el resquicio de la ventana se colaba el ruido del viento. Al otro lado de los cristales se extendían el campo, el bosque y un cielo gris. Se hizo sombra con la mano sobre los ojos para no tener que ver nada de aquello cuando llevara el té a la mesa de la cocina. Volvió a suspirar y apoyó los pies sobre la mesa. Todo en ese lugar, en ese país, era aborrecible. Rodeó con las manos la taza caliente y cerró los ojos.

—Yuri —susurró.

«La princesa de la mafia.» Así la llamaban en broma sus amigos de Ekaterimburgo. Y a ella le gustaba. Le encantaban los diamantes, las drogas, las cenas, la ropa y el departamento de lujo donde vivían.

Pero el mismo día de su cumpleaños, cuando cumplió los veinte, todo se esfumó. Fue el día que mataron a Yuri. Desde entonces, después de tanto tiempo, su cuerpo se habría descompuesto. Estaría irreconocible. La espalda peluda, las manos grandes, la mandíbula cuadrada, nada de eso existiría ya.

Lo habían matado a tiros el día del cumpleaños de Victoria. Su sangre le salpicó el abrigo blanco de piel, que había dejado en el sofá del club nocturno. También a ella habían querido matarla, pero el asesino falló el tercer disparo, antes de ser abatido por los guardaespaldas de Yuri.

Victoria se había refugiado en casa de su madre, que estaba a una hora en coche del centro de la ciudad.

Fue su madre quien le sugirió la web de hombres suecos que buscaban chicas rusas.

—Los suecos son buena gente. Son amables y no saben imponerse —le había dicho.

Victoria le hizo caso, como casi siempre. Subió un par de fotos a la web, recibió cientos de respuestas en un par de días y finalmente se decidió por Malte. Le habían gustado sus fotos, su aspecto de bebé grande de mirada amable. Tenía más o menos la misma edad que ella; estaba un poco gordo y parecía tímido. Malte le envió dinero para el boleto de avión y, dos semanas después, Victoria franqueó por primera vez el umbral de la casa amarilla de Sillbo.

Fuera, en el patio de entrada, se oyó el ruido de la moto de Malte. De día trabajaba en la gasolinera Shell a la salida de Heby. Victoria bajó los pies de la mesa y fue a mirar por la ventana. La mole del cuerpo de Malte empequeñecía la motocicleta, como un Godzilla montado en un poni. Detrás iba la camioneta blanca, que atravesó el portón abierto y se estacionó junto a la moto. Lars abrió la puerta del lado del acompañante, sacó una caja de cervezas y se dispuso a cargarla en dirección a la casa. Era viernes, beberían hasta caer inconscientes. Pero antes Malte le arrancó una lata, la abrió y se puso a beber con avidez. La grasa le formaba pliegues en el cuello. Al cabo de un segundo, los dos hombres salieron del campo visual de Victoria y enseguida se oyó la llave que giraba en la cerradura.

No se quitaron los zapatos para entrar. Lars vaciló un momento al ver que el lodo dejaba huellas oscuras y pegajosas en las tablas del suelo.

—Déjalo, no te preocupes. La parienta se alegrará de tener algo que hacer. Pasa el día entero metida en casa sin hacer nada —dijo Malte sin mirarla.

Lars pareció dudar, intercambió con Victoria una mirada fugaz, masculló un saludo y dejó sobre la mesa la caja de cervezas. Malte se dirigió a los fogones.

—Vamos a ver qué desgracia has cocinado hoy —dijo levantando la tapadera de un cazo.

13

El vapor lo hizo retroceder y parpadear. Agitó varias veces la mano y miró dentro de la olla con los ojos entrecerrados. Al lado de Victoria, Lars abrió una lata de cerveza.

—Papas. Bien, muy bien. —Malte miró a su alrededor y levantó los brazos—. ¿Nada más? ¿Solamente papas?

—No sabía a qué hora vendrían. Ahora me pondré a hacer las salchichas —replicó Victoria.

Malte resopló, mirando a su amigo y no a ella, y repitió lo que acababa de decir su mujer, con voz aguda y exagerado acento ruso. Lars se atragantó de risa y la cerveza le corrió por el cuello.

—Todo lo que tiene de guapa lo tiene de tonta —añadió Malte.

A Lars todavía le goteaba la cerveza por el cuello.

El olor a comida le impregnaba la ropa. Malte le había prometido que repararía el extractor de la cocina, pero no lo había hecho. Metió los platos sucios en el lavavajillas. Los hombres estaban hundidos en el sofá. En la mesa de centro había varias latas vacías. Pronto se quedarían dormidos y entonces ella podría empezar el día. Empezarlo de verdad. Miró con disimulo el sofá, para ver dónde tenía Malte el teléfono celular, y se tranquilizó cuando pudo localizarlo entre dos latas de cerveza.

—Tendría que haberme traído una tailandesa, igual que la tuya. Cocinan mejor, cogen mejor... —dijo Malte, antes de eructar.

—¿Por qué no la mandas de vuelta? —preguntó Lars con una risita.

—Eso digo yo. ¿Por qué no? Me pregunto cuál será la política de devolución de parientas defectuosas —respondió Malte entre resuellos de risa.

—No creo que te devuelvan el dinero. Como mucho, un cupón de regalo —soltó Lars.

—Sí, la mercancía ya está más que usada.

Volvieron a estallar en carcajadas, mientras el lavavajillas empezaba a llenarse de agua.

INGRID

Se estacionó delante del colegio Högland, apagó el motor y se quedó quieta, con las manos sobre el volante. Había llegado con una hora de antelación.

Catorce años de carrera periodística, dos de ellos de corresponsal en Estados Unidos, y tantos premios que había perdido la cuenta. Tiempo atrás tenían los diplomas, las fotos y los recortes de periódicos enmarcados y colgados de las paredes de casa. Cuando a Tommy lo nombraron director del periódico, poco después del nacimiento de Lovisa, los dos —de común acuerdo— decidieron que Ingrid se quedaría en casa con la pequeña. Ser director de *Aftonpressen* era algo más que un trabajo; era un estilo de vida, como decía Tommy. Si hubiera sido al revés, si le hubieran ofrecido a ella un puesto tan importante, él habría hecho el mismo sacrificio. Se lo podía garantizar. Ingrid se había adaptado. Había metido en una caja de cartón de Ikea los momentos culminantes de su carrera, los había guardado en el desván y había asumido el papel de ama de casa. En los últimos tiempos pensaba cada vez con más frecuencia en sus años como periodista. A veces, cuando se quedaba sola, bajaba la caja del desván y repasaba los recuerdos. La última vez había sido ese mismo día. Al final había devuelto la caja a su sitio, antes de que fuera la hora de recoger a Lovisa y de que Tommy volviera del trabajo.

Se sobresaltó cuando alguien le golpeó la ventanilla, pero acertó a poner cara sonriente de madre de alumna antes de girar la cabeza y reconocer a Birgitta Nilsson, la maestra de Lovisa. Sin proponérselo, echó una mirada al reloj y sólo entonces bajó el cristal. Todavía quedaba rato para que las clases acabaran, ¿por qué habría salido?

—Voy al médico —le dijo Birgitta con una sonrisa—. Nada grave. Solamente un control rutinario.

A Ingrid le caía bien la maestra, que ya casi tenía edad de jubilarse. La clase de Lovisa sería la última que tendría a su cargo.

—Suerte —le dijo.

—Ayer vi a Tommy en *Agenda*. ¡Qué bien estuvo! Es tan sensato... ¡Y qué bien habla! Debes de estar muy orgullosa.

Birgitta entrelazó los dedos de ambas manos.

—Mucho.

—Y pensar que en otoño encontró tiempo para venir a hablarles a los niños de su trabajo. ¡Con lo ocupado que estará! Cuando el resto de los profesores se enteraron de que vendría, se entusiasmaron tanto que tuvimos que reservar el auditorio. Lovisa estaba tan contenta... Y yo también.

—¡Qué bien! Sí, Tommy siempre encuentra tiempo para todo.

La maestra le dio una palmadita en el hombro, dio media vuelta y se fue en dirección al metro.

Ingrid subió el volumen de la música.

En realidad no necesitaba confirmar la infidelidad de Tommy. Ya lo sabía. Desde el verano lo notaba cambiado. Se preocupaba más por su aspecto y hasta había contratado a un entrenador personal. Antes podía hablar delante de ella de todas las decisiones de la redacción. Sabía que Ingrid conocía las reglas y jamás filtraría nada. Desde hacía un tiempo, sin embargo, se disculpaba y se iba con el teléfono al estudio o al jardín.

—Es la nueva política de la dirección —le explicó cuando ella se lo había preguntado—. Además, ahora ya no te interesan tanto estas cosas, ¿no?

Pero Ingrid quería saber quién era la mujer que se acostaba con su marido. Probablemente alguien de la redacción. Así se habían conocido ellos; así solían conocerse los periodistas.

Cada día hojeaba un ejemplar del periódico que Tommy llevaba a casa. Ya casi no reconocía ninguna de las caras que aparecían en las cabeceras de los artículos. Muchos de sus antiguos colegas se habían ido del periódico, y otros habían dejado atrás la agotadora vida de reportero para pasar a dirigir secciones.

¿Sabrían sus compañeros de entonces que Tommy le estaba siendo infiel? ¿Le tendrían pena? ¿Lo ayudarían a él a disimular? Ingrid tenía un plan para averiguar con quién la engañaba su marido, pero aún no sabía qué haría después.

VICTORIA

Malte y Lars roncaban uno al lado del otro en el sofá. Sus cuerpos obesos desprendían un tufo acre a sudor y alcohol. Victoria se llevó al sótano el teléfono de su marido. Entró en el cuartucho donde Malte guardaba el alambique para fabricar aguardiente casero, tomó una botella del líquido transparente y fue a sentarse en el sofá de terciopelo, delante de la televisión apagada. En el mueble de la televisión, claramente a la vista, se alineaba toda la colección de películas porno de Malte. Victoria había visto varias veces cada una de las películas. Así había aprendido sueco. Malte la tenía aislada: En la casa no había conexión a internet.

Victoria tenía teléfono propio, pero era de prepago y las cien coronas de saldo que Malte le ponía cada mes no eran suficientes para llamar a Rusia. La única forma que tenía de mantener el contacto con su madre era compartiendo la conexión a internet del celular de Malte con su teléfono.

Los primeros meses había querido creer que la vida en Suecia podía ser tolerable. Nada en comparación con los años que había pasado con Yuri, pero tolerable. Malte era amable con ella. Aburrido, pero amable. Le regalaba flores medio marchitas, la felicitaba por los platillos que cocinaba y la llamaba «mi mujercita». Claro que no era fácil acostarse con él, tenerlo cerca, sentir sobre la piel sus manos torpes, pero al menos la trataba como a un ser humano.

Se sentía agradecida porque la había sacado de Rusia. Pero al cabo de medio año, empezó a cambiar. Se volvió malo. Dejó de bañarse. Olía cada vez peor. En lugar de acostarse con ella, se bajaba los pantalones hasta las rodillas, se sentaba en el sofá y la llamaba a gritos para que lo satisficiera.

Ella obedecía. Le daba miedo. Aunque nunca le había levantado la mano, estaba totalmente a su merced. Malte podía hacer que su vida fuera todavía peor de lo que ya era.

No tenía adónde ir, la casa era una cárcel. Si al menos hubiera tenido una amiga, alguien que de verdad fuera amable con ella y la tratara como a una persona y no como a una muñeca inflable con funciones de cocinera y empleada doméstica, todo habría sido muy distinto.

Bebió un trago del aguardiente casero e hizo una mueca de disgusto. Su madre no había contestado a su último correo. Victoria le ocultaba su situación. Le decía que estaba muy bien y que tenía muchas amigas. Que Malte la mimaba y que, tal como su madre le había anticipado, era bueno y de trato amable, y tenía un alto cargo en una gran empresa informática. Le describía con todo detalle las cenas elegantes, los viajes al Mediterráneo, los amigos importantes y los planes de tener hijos.

Le agradecía a su madre que hubiera tenido la buena idea y la previsión de aconsejarle que se casara con un sueco.

BIRGITTA

En la sala de espera del pequeño sanatorio del centro de la ciudad, Birgitta Nilsson seguía pensando en Tommy e Ingrid Steen. Dos personas fantásticas, inteligentes y con sentido del humor. Su hija Lovisa había heredado la belleza de la madre y la elocuencia del padre.

Se subió la manga de la blusa y dejó que las uñas rozaran el eccema que le había salido en el codo. Después apoyó la palma de la mano sobre la costilla izquierda dolorida.

Todavía le faltaban dos años para jubilarse. Su marido, Jacob, ya tendría que haberse retirado, pero como la empresa de contabilidad era suya, quería seguir trabajando. A veces a Birgitta le gustaba imaginar que, de no haber sido por eso, se habrían comprado una casa en España y ahora estarían compartiendo una plácida y agradable vida de pensionados. Y que sus hijos Max y Jesper, los gemelos de poco más de veinte años, irían a visitarlos de vez en cuando acompañados de sus novias. Pero en realidad Birgitta no necesitaba una casa en España. Lo único que le pedía a la vida era el amor de las personas que más quería en el mundo.

Estaba tan absorta en sus pensamientos que no se dio cuenta de que tenía delante a una enfermera que le estaba llamando.

—Birgitta Nilsson.

—¡Discúlpeme, por favor! Estaba distraída.

Se levantó y siguió a la enfermera por un pasillo, hasta la puerta abierta al final. La enfermera le indicó con la mano que pasara.

—Muchas gracias y discúlpeme de nuevo. Empiezo a hacerme mayor y a veces me distraigo un poco —se excusó Birgitta, antes de entrar en el consultorio.

El médico era un hombre bien parecido de unos treinta y cinco años, de pelo negro bien peinado, líneas de la mandíbula definidas y labios generosos. Birgitta le estrechó la mano y el doctor le indicó que se sentara. Se aclaró la garganta y empezó a hablar, pero Birgitta no le prestaba atención, distraída por la fotografía enmarcada que había sobre la mesa. Una preciosa mujer morena y dos niños pequeños de espesas y largas pestañas y pelo corto yacían sobre la arena de una playa, sonriendo a la cámara.

—¡Qué familia tan bonita! —exclamó, en medio de la explicación del médico.

El hombre se interrumpió y desvió la vista hacia la fotografía.

—¡Qué orgulloso debe de estar de esos ángeles y de esa mujer tan guapa!

—Sí, así es. Muchas gracias. Pero ahora deberíamos...

El doctor señaló el papel que tenía en la mano. Por primera vez, Birgitta notó que parecía preocupado.

—Tendrá que disculparme, no digo más que tonterías. Yo estoy hablando de intrascendencias cuando usted seguro que está muy justo de tiempo y tiene un montón de pacientes esperando. Continúe, por favor.

El médico se acomodó un mechón suelto que le caía sobre la frente y se rascó la mejilla. La miró a los ojos con expresión amable.

—Por desgracia, es lo que temíamos. Tiene un tumor en el pecho.

Se quedó esperando una reacción de su paciente, pero no se produjo.

—¿Escuchó lo que le dije, Birgitta?

—Sí, claro.

El médico se inclinó hacia delante, apoyó una mano sobre una de las de ella y volvió a mirarla a los ojos.

—Es normal que esté sorprendida, preocupada y asustada. Pero las probabilidades de supervivencia son buenas. Nos pondremos en contacto con usted en cuanto tengamos fecha y hora para la operación.

Birgitta le sonrió.

—Gracias. Me parece bien.

Cuando se puso de pie, las patas de la silla arañaron el suelo.

—¿Quiere que llamemos a alguien para que venga a buscarla?

Birgitta hizo un gesto negativo.

—No, es mejor no importunar a nadie. Puedo arreglármelas sola.

El médico murmuró algo y Birgitta le tendió la mano para despedirse.

—Ha recibido muchas citas para hacerse una mastografía, pero no ha venido nunca —insistió el doctor.

El hombre la miró intrigado y ella sonrió. No podía decirle la verdad.

—Siempre tenía muchas cosas que hacer.

Le soltó la mano y salió de la sala.

INGRID

Tommy roncaba ruidosamente. Ingrid apoyó los pies descalzos sobre el suelo, se arregló el camisón y se levantó. Con paso cauteloso, salió del dormitorio y bajó la escalera. Tomó el abrigo de Tommy y el kit de costura, se metió en el baño y cerró la puerta. Rápidamente, deshizo los puntos que había cosido la tarde anterior e introdujo la mano. Sacó la grabadora, que tenía encendida la luz verde. Todavía estaba funcionando. Detuvo la grabación, comprobó que la luz se apagaba y suspiró.

Tuvo que reprimir el impulso de escuchar de inmediato el contenido de la memoria. En lugar de eso, volvió a coser el forro, abrió la puerta y fue a colgar el abrigo.

Se guardó la grabadora en el bolsillo de la bata y se dirigió a la cocina, para servirse un vaso de agua. Unas horas más tarde, Tommy intervendría en el programa *Noticias matinales* y ella llevaría a Lovisa a jugar a casa de una amiga. Entonces tendría tiempo de escuchar toda la grabación. Apoyó la cabeza sobre la almohada y recordó cuánto le fastidiaba tener que escuchar grabaciones cuando trabajaba de periodista. Ahora apenas podía contenerse.

VICTORIA

Malte tenía resaca. Sus ojitos enrojecidos y hostiles parecían buscar algún defecto, algo que comentar y corregir. Victoria estaba preparando huevos revueltos. Dejó la sartén sobre la mesa, al lado del salero, y le enseñó de lejos un vaso de jugo. Malte negó con la cabeza.

—Dame cerveza. O cualquier cosa que me alivie la resaca.

Sin contestarle, Victoria abrió el refrigerador y sacó una de las latas que habían sobrado del día anterior.

—¿Algo más?

Malte respondió con una mueca. Victoria salió de la cocina, se echó por los hombros una chamarra de su marido, se puso unas botas de plástico y abrió la puerta. Hacía un día crudo y frío. Encendió un cigarro. El campo era gris, el cielo también, todo era gris en ese maldito país. Por la carretera, a unos quinientos metros de distancia, pasó un coche rojo.

Victoria habría dado cualquier cosa por tener permiso de conducir, porque entonces le habría robado la camioneta a Malte y se habría largado. Pero él le había escondido el pasaporte y le había dicho lo que le haría la policía sueca si la atrapaban conduciendo sin licencia: iría a la cárcel, lo que sería mucho peor que quedarse en Sillbo. Lo habría dejado todo para irse a Estocolmo, donde había aterrizado el avión cuando había llegado desde Moscú. Aquella vez se había alojado con Malte en un hotel y después habían ido a cenar a un restaurante elegante. Ya de vuelta en la habitación, Victoria había comprendido que a partir de ese momento Malte la consideraba de su propiedad.

Tendría que vivir respetando sus condiciones y ser una simple figurante en su vida. Se vería obligada a ocuparse de la casa y a abrirse de piernas cada vez que Malte se lo pidiera a cambio de que él la mantuviera.

Al día siguiente, habían hecho el viaje a Heby y más tarde se habían adentrado por un camino boscoso hasta llegar a Sillbo. Tiempo después había conocido a los padres de Malte. Durante la cena en una pizzería de Heby, no habían hecho más que mirarla como si fuera un bicho raro y casi no le habían dirigido la palabra.

Victoria había hecho todo lo posible por parecer educada y se había esforzado por hacerles preguntas en su inglés precario, pero ellos se habían quedado callados, sin dejar de mirarla. En el trayecto de vuelta, Malte le había explicado que los suecos no solían hablar mucho.

Pero, aunque hubiera podido huir, su marido tenía otra manera de asegurar su obediencia. Durante los primeros meses de su vida en común, sin que ella lo supiera, había filmado sistemáticamente todos sus actos sexuales. En caso de que ella desapareciera —le había dicho—, subiría todos los videos a unas cuantas webs porno, en especial a las rusas.

Victoria aplastó la colilla en un macetero y se quitó la chamarra.

No había nadie en la cocina. Malte había bajado al sótano. Se oía el ruido de la televisión y la voz de Malte, que gritaba y animaba a alguien, tal vez a un deportista. Victoria recogió la mesa, fregó la sartén y tiró por el desagüe los restos de cerveza mientras pensaba qué haría con el resto del día. El refrigerador estaba casi vacío. Tendría que pedirle a Malte que la llevara a Heby a comprar provisiones.

—¡Ven! —le gritó él desde el sótano.

Victoria cerró los ojos, porque ya imaginaba lo que querría. Bajó la escalera.

—Ven, chupa —le dijo Malte con la vista fija en la pantalla, mientras se bajaba los pants y los calzoncillos.

Ella se arrodilló delante del sofá y se metió en la boca el pene flácido.

Malte le apoyó la lata de cerveza en la cabeza y se rio entre dientes.

—¡Fantástico! ¿Cómo no se me había ocurrido antes? Esas zorras feministas tienen razón: ¡es verdad que las mujeres pueden hacer dos cosas a la vez! —exclamó, antes de echarse hacia atrás sobre el respaldo del sofá.

INGRID

Tras dejar a Lovisa en casa de su compañera de clase y después de aceptar un café por educación e intercambiar unas frases amables con los padres de la niña, Ingrid dirigió su Toyota Prius gris metalizado hacia el centro de Estocolmo.

Avanzó la grabación hasta el momento en que Tommy llegaba a la redacción y entonces se colocó los audífonos blancos, mientras daba vueltas sin rumbo por la ciudad. Con la grabadora en la mano izquierda y la muñeca apoyada en el volante, dejó que el coche avanzara lentamente por Sveavägen.

La reunión matinal de jefes de sección en el despacho de Svante... Una conversación con un conocido periodista, ganador de varios premios, sobre su última serie de reportajes... Un momento de silencio... Tommy tecleando en su computadora... La mayor parte de la grabación carecía de interés, hasta lo que debía de ser la hora de comer, según pudo calcular Ingrid. Entonces sonó el celular y se oyó que Tommy contestaba la llamada mientras cerraba la puerta de su despacho. Su voz, que hasta ese momento había sido formal, cambió de tono.

—Dentro de poco, corazón —dijo.

Silencio. Ingrid contuvo el aliento.

—Ah, ya veo que se te antoja un almuerzo largo, ¿eh? Tengo un par de cosas que hacer, pero nos vemos donde siempre dentro de media hora.

Ingrid detuvo el coche en un semáforo, cerca de la estación Central. Dos transeúntes cruzaron el paso de cebra arrastrando maletas con rueditas. Un hombre de aspecto mugriento buscaba latas y botellas en un contenedor. Una mujer empujaba un cochecito.

«¿Por qué nadie hace nada? ¿Mi vida se derrumba y todo sigue como si nada?»

Le pitaron por detrás. Había cambiado la luz del semáforo. Pisó el acelerador, quizá con excesiva brusquedad, porque el coche dio una sacudida antes de ponerse en marcha. Sin quitar la vista de la calle, avanzó la grabación exactamente treinta minutos, mientras atravesaba Centralbron. La circulación era complicada, a causa de unas obras. Sólo dos carriles del puente estaban abiertos al tráfico.

Por los audífonos oía a Tommy moverse por la redacción mientras la grabadora oculta en su abrigo captaba los comentarios aduladores que le dirigían sus subalternos. Ingrid sabía que a su marido le encantaba que lo elogiaran. Necesitaba sentirse importante, quizá porque se había criado solo con su padre, que también era periodista. Al principio de su relación, Ingrid había notado su exagerada sensibilidad a los halagos. A todos les gusta que les digan que han hecho bien un trabajo o que son muy buenos en lo suyo, pero para Tommy esa clase de reconocimiento externo era lo más importante de su vida.

Así fue como justificó su primera infidelidad. Ella estaba embarazada de pocos meses de Lovisa. Su primera reacción fue correrlo de casa, pero al cabo de unos días lo perdonó. Le creyó cuando le juró que había sido una sola vez y que no volvería a pasar.

En el elevador, Tommy conversó un momento con dos periodistas de la sección de deportes. Futbol. Por su tono de voz, se notaba que lo aburrían y que no veía el momento de quitárselos de encima.

—¿No viene a comer con nosotros, jefe?

—Ojalá pudiera, lo siento. Tengo una comida de trabajo. Pero, créanme, me habría encantado quedarme a platicar con ustedes sobre la liga inglesa.

Risas afables. Los muy imbéciles se lo habían tragado. No imaginaban que su jefe tenía planeada una escapada para verse con su amante.

Volvió a hacerse el silencio en el elevador. Se abrieron las puertas. Por la manera en que retumbaban los pasos de Tommy, Ingrid dedujo que debía de estar en el garaje. Intentó imaginárselo y colarse en sus pensamientos. ¿Tendría mala conciencia? ¿Se acordaría de ella y de Lovisa?

Oyó que se abría la puerta del coche y que Tommy se acomodaba detrás del volante. Enseguida se sobresaltó cuando se abrió una segunda puerta. Aguzó el oído. Aunque nadie había hablado, estaba segura de que en ese momento había una persona más en el vehículo. Por un segundo pensó que quizá se había equivocado. ¿Se habría citado Tommy con un informante secreto?

Recorrió con la vista los muelles de Söder Mälarstrand y los barcos tristes y abandonados, que esperaban la primavera.

Al cabo de un segundo, distinguió el ruido de un cierre que bajaba y un gemido de Tommy.

—Sí que estabas impaciente, ¿eh? —comentó él, ahogando una risita.

—Como me obligas a bajar la cabeza, he pensado que podríamos aprovechar este momento para hacer algo productivo. ¿Cuánto tiempo tenemos?

—Todo el tiempo del mundo.

Ingrid empezó a marearse. Echó un vistazo rápido por el retrovisor, se desvió a la derecha, se quitó los audífonos y salió atropelladamente del coche. Corrió hasta el borde del muelle y vomitó en el agua oscura.

BIRGITTA

Birgitta Nilsson estaba convencida de que iba a morir. Miró a los tres hombres con los que compartía su vida desde hacía veintidós años y a cuyo alrededor giraba todo su mundo. Los gemelos Max y Jesper seguirían teniéndose el uno al otro. Estaban a punto de cumplir veintidós años, pero compartían departamento y lo hacían todo juntos. Birgitta esperaba que se ocuparan de Jacob. Su marido adoraba a sus hijos y siempre los había mimado. Pese a su carácter áspero y frío, y a su falta de cariño hacia ella, sentía por sus hijos un amor sin límites. Así compensaba su frialdad. En opinión de Birgitta, compartir el amor por los gemelos era tan bueno como quererse mutuamente.

—¿Cómo estuvo tu día en el trabajo, cielo? —le preguntó a su marido mientras le pasaba a Max un plato con papas cocidas.

Jacob refunfuñó. Seguía irritado porque la cena había tardado más que de costumbre. Birgitta había vuelto a toda prisa del médico, pero no había podido servirles la cena a los chicos —como los llamaba a los tres— antes de las siete y cuarto.

No le extrañaba que estuvieran callados, debían de estar hambrientos.

Al cabo de un momento empezaron a hablar de barcos, que era uno de sus temas favoritos, además del hockey. Birgitta siguió la conversación sin participar. Hacía cierto tiempo que Jacob tenía pensado comprar otro barco y al final quedó decidido que irían los tres a Västerås, para ver uno que estaba en venta.

—¡Qué bien lo pasarán! —dijo Birgitta.

Nadie le contestó.

Cuando terminaron de cenar, se fueron a la sala sin quitar los platos de la mesa. Birgitta los recogió, ordenó la cocina y guardó la comida sobrante en tres recipientes: uno rojo para Jacob y dos azules para que los gemelos se los llevaran a su casa. El sonido de sus voces la tranquilizaba. El ruido de la televisión mezclado con los comentarios de su marido y sus hijos eran la banda sonora de su vida desde los cuarenta y tantos años, cuando casi por milagro había logrado ser madre. Ya había hecho su trabajo, había cumplido su misión. Los gemelos ya eran mayores y podían arreglárselas solos. De hecho, ya no hacían caso de casi nada de lo que ella les decía.

A veces se ponía a rememorar épocas pasadas, cuando eran pequeños y estaban indefensos, cuando se colaban por las noches en su dormitorio y se metían en la cama con ella y con Jacob. El dolor de pensar que aquellos tiempos no volverían nunca más la hacía estremecerse. Después se sentía tonta. No podía reprimir la envidia por los padres y las madres de sus alumnos, que estaban viviendo la mejor época de su vida.

Dos horas después de la cena, Birgitta y Jacob salieron juntos a la puerta para despedir a sus hijos. Los vieron atravesar el jardín y salir en dirección a la parada del autobús, y entonces Jacob cerró la puerta y volteó hacia ella.

—¿Por qué tardaste tanto en volver? —le preguntó.

Tenía la mandíbula tensa, la movía, parecía como si masticara.

—Cariño, teníamos reunión de padres y...

El primer puñetazo cayó en el mismo lugar que la semana anterior. Birgitta se desplomó y él se le quedó mirando en el suelo con expresión impávida, sin mover un músculo.

—Si no fueras tan jodidamente fea empezaría a sospechar que tienes una aventura. Pero ¿quién va a querer coger contigo? —dijo.

Birgitta miraba fijamente la mano derecha de su marido. Notó que le temblaban los dedos. Era como si no acabara de decidir si debía continuar. Pero Birgitta lo sabía. Conocía lo suficiente a Jacob para saber que vendrían más golpes. Lo sabía desde la mañana. Lo había notado callado y absorto en sus pensamientos. Cuando no le gritaba, se le encendían las alarmas.

La visita de los gemelos no había hecho más que aplazar el mal trago. Jacob se agachó, la agarró de la blusa y ella cerró los ojos. Llegó el golpe. Sintió que se le escapaba el aire de los pulmones. Rodó a un costado, de cara a la pared, y oyó pasos que se alejaban en dirección a la sala.

Se quedó en el suelo unos minutos, reuniendo fuerzas; finalmente se apoyó en la pared y, con mucho esfuerzo, se levantó.

INGRID

Dejó a Lovisa jugando sola y fue al baño a lavarse los dientes. No quería mirarse al espejo. Bajó la tapa del inodoro, se sentó e hizo varias inhalaciones profundas. Tommy había estado en casa muy poco, e incluso en los raros momentos que habían coincidido, Ingrid casi no le había dirigido la palabra y le había respondido con monosílabos cuando él le había pedido algo. Y, sin embargo, Tommy parecía no darse cuenta de nada.

Una parte de ella sólo quería continuar como si nada. Cientos de miles de mujeres, quizá millones, convivían con una pareja infiel. Sabía que Tommy la había engañado anteriormente, pero ella lo había perdonado. ¿Qué habría pasado si no lo hubiera hecho? Lovisa habría tenido que crecer con un padre y una madre que vivían separados. Ella, por su parte, probablemente habría vuelto al periodismo. No pasaría el día entero metida en casa, ni viviría con una constante sensación de inquietud, ni se sentiría inútil.

Se aclaró la garganta, se puso de pie y fue a la cocina.

Junto al voluminoso refrigerador de acero inoxidable había una Mac abierta, que mostraba en la pantalla el calendario compartido con Tommy. Allí apuntaban ambos sus citas y compromisos para poder coordinar sus actividades en el día a día. El color de Tommy era el azul y el suyo, el rojo. El noventa por ciento de los eventos del calendario eran de Tommy: reuniones, reuniones, reuniones, galas, presentaciones, encuentros de periodistas... Excepto tres sesiones en el gimnasio, todos los eventos de Ingrid tenían que ver con Lovisa: recogerla de la escuela, dejarla, danza, futbol, clases de refuerzo... Lo único que alteraba el patrón a lo largo de la semana era una reunión con la maestra de Lovisa, marcada en verde por ser una actividad común. Tommy se había ofrecido estoicamente a acompañarla.

Cerró irritada la ventana del calendario, abrió el navegador y tecleó en la búsqueda de Google: *marido infiel, qué hacer.*

VICTORIA

Se estacionaron delante del desangelado supermercado Ica de Heby. El cielo gris presagiaba lluvia. Gente vestida con overoles de trabajo cargaba bolsas hacia sus coches de aspecto oxidado. Victoria entró y tomó un carro.

—Date prisa y no compres mierda inútil. No soy millonario —masculló Malte.

«No hace falta que lo digas», pensó Victoria.

Malte echó a andar delante de ella. Como la camiseta le quedaba corta y los pants grises se le caían, le quedaba al descubierto media raya del trasero. Pero a él le daba igual. Iba saludando con un «qué hay» o un movimiento de cabeza a todos los conocidos con quienes se cruzaba.

En la sección de lácteos empezó a resoplar y a hacer gestos exagerados de impaciencia en cuanto Victoria vio a Mi, la mujer tailandesa de Lars. Era pequeñita y tenía una sonrisa enorme, como si alguien le hubiera hecho un tajo en la cara de oreja a oreja. Siempre estaba contenta. ¿Cuál era su problema? ¿De verdad le gustaba vivir en aquel agujero infecto con esos charlatanes?

—¡Hola, Victoria! ¿Cómo estás? —dijo Mi con su fuerte acento y su voz cantarina.

Victoria le devolvió el saludo con una sonrisa rígida. Para entonces, Malte y Lars también se habían encontrado y sus risotadas comenzaban a resonar en todo el supermercado.

—Yo, fideos para cenar. ¿Tú? —preguntó Mi con cara de felicidad, echando un vistazo dentro del carro de Victoria y levantando los diferentes artículos para inspeccionarlos.

«Cianuro y pastel de vidrio picado», pensó Victoria.

—Papas y carne guisada —respondió.

No tenía ganas ni de hacer un esfuerzo para sonreír. Los dos hombres venían caminando hacia ellas y Malte le había pasado un brazo por los hombros a Lars.

—¡Esto tenemos que celebrarlo! Olvídate de esa basura —le dijo a Victoria, señalando el carro de la compra.

Ella lo miró con expresión interrogante.

—¡Lars va a ser padre! —explicó Malte, dándole una palmada a su amigo en la espalda.

—Me lo dijo Mi esta mañana —repuso Lars orgulloso.

Victoria suspiró contrariada. Salir de la casa siempre era agradable. El viaje hasta Heby no era precisamente un estallido de alegría, pero al menos interrumpía la sordidez diaria. Sin embargo, ahora tendría que pasar toda la tarde y parte de la noche en la taberna del pueblo.

—¿Ya no vamos a hacer la despensa? —preguntó.

—¡¿Será posible que nunca puedas tener ni un puto mínimo de alegría y de espontaneidad?! —bramó Malte—. Ya oíste a Lars y a Mi: van a ser padres. Tenemos que celebrarlo.

—Entonces tengo que volver a casa a cambiarme. Y tú también —replicó Victoria, señalando los pants manchados de su marido.

—¡Déjame en paz! Lars me prestará una camisa. ¿Verdad, Lars? Y tú puedes ponerte un vestido de Mi. ¡Será divertido!

Victoria miró a la pequeña tailandesa, que le sonreía con el pulgar en alto, y sintió un escalofrío.

INGRID

Sentada a la mesa de la cocina, Ingrid observó que la ola del #MeToo se iba extendiendo por toda Suecia y el mundo entero. Procedente de Estados Unidos, ya estaba en todas partes.

Su muro de Facebook se había llenado de mujeres que daban la cara, alzaban la voz y contaban sus historias. Violaciones, acoso sexual, abusos de poder. Todas tenían algo que explicar, todas. Era hipnótico. No podía dejar de leer.

Se puso a repasar su vida. La adolescencia en Västerås. Los años en que ni siquiera se detenía a reflexionar cuando la llamaban «zorra» por rechazar los avances de un machito en una discoteca. Las veces que se había despertado sin calzones y con recuerdos fragmentarios de sentir unas manos sobre su cuerpo después de una noche de fiesta y borrachera. Por supuesto que habían sido abusos. Y eso no era todo. También estaban los primeros años en el periódico. Las compañeras, que le aconsejaban no quedarse a solas con determinados reporteros y fotógrafos. Los colegas, que se lo tomaban a broma cuando uno de ellos bebía demasiado y se ponía a pellizcar nalgas o tetas. El periodista de la sección de sociales, que cuando ella le había tendido la mano para presentarse, en su primera semana de trabajo, se había limitado a observarla y, en lugar de decirle su nombre, había comentado: «Bonitos labios de chupapitos».

Durante mucho tiempo el abuso había formado parte del juego, pero ahora las reglas estaban cambiando.

Ingrid dejó sobre la mesa el celular y se levantó. Fue al cuarto de Lovisa a ver si se había dormido. La estaba arropando con la cobija cuando oyó el ruido del coche de Tommy y a continuación sus pasos, que se acercaban rápidamente por el sendero. Cerró la puerta del cuarto de Lovisa y bajó la escalera.

Tommy se estaba quitando los zapatos. Cuando la vio, hizo un gesto de desesperación.

—¡Qué día tan espantoso! Y mañana tengo que estar otra vez en la redacción a las siete en punto. —Al ver que Ingrid no decía nada, continuó—. Un tema delicado. Jodidamente delicado. Dentro de media hora me envían la versión final del artículo.

Pasaron juntos a la cocina. Ingrid puso la cafetera mientras Tommy se sentaba a la mesa.

—Hoy vinieron dos colaboradoras a hablar conmigo. Quieren que el periódico despida a Ola Pettersson y

Kristian Lövander. Por lo visto, su comportamiento es inadmisible.

—Pero tú ya lo sabías, ¿no?

Pensó en echarle en cara la traición, pero cada vez que estaba a punto de hacerlo, la lengua se le paralizaba. ¿Por qué le resultaba tan difícil?

Tommy sonrió vagamente.

—Sí, pero tampoco es tan grave. Son dos dinosaurios de otra época. Todo eso de la igualdad de género es una novedad para ellos. Y los dos toman bastante, no saben controlarse. No lo hacen por maldad. Además, son necesarios en el periódico. Son dos periodistas respetados, con una trayectoria que no muchos pueden igualar. Los lectores confían en ellos. ¡Por favor! ¡Lövander fue mi maestro cuando llegué a *Aftonpressen*! ¡No puedo echarlo a la calle!

—¿Qué les has dicho a las colaboradoras?

—Que abriríamos una investigación e intentaríamos lavar la ropa sucia en casa.

Ingrid sintió un malestar que se extendía por todo el cuerpo. Dos mujeres jóvenes habían acudido a Tommy para pedirle ayuda y él las había rechazado y silenciado.

—Tommy, tienes que...

Sobresaltado, volteó hacia ella y la miró.

—Yo no tengo que hacer nada, ¿me oyes? Tú no sabes qué es lo mejor para el periódico. No tienes ni puta idea.

—Pero...

—Cállate ya, ¿quieres? No estoy de humor para discutir. Ni siquiera sabes de qué estás hablando.

Ingrid no dijo nada más. Buscó la mirada de su marido, esperando encontrar en ella un poco de afecto o comprensión, pero él la ignoraba. Ingrid tuvo la sensación de que volvía a ser una niña pequeña castigada por el director de la escuela.

Terminaron de beber el café en silencio, y entonces Tommy se levantó de la mesa y subió la escalera. Ingrid recogió las tazas vacías y las lavó a mano.

BIRGITTA

En Aspudden soplaba mucho el viento, pero el sol resplandecía y mandaba reflejos sobre el agua. Birgitta encendió un cigarro e inhaló el humo con tranquilidad. Ahogó un ataque de tos y bebió un sorbo de Coca-Cola: dos sabores, la bebida y la nicotina, conectados íntimamente a ese barrio en el que creció y se convirtió en mujer.

Una vez al año volvía allí, daba una vuelta entre las casas y después se sentaba sobre las rocas con la lata y el paquete de tabaco. No les había dicho nada a Jacob ni a los gemelos, ni tampoco le habían preguntado. Cambió de postura y se palpó las costillas, para ver cuánto le dolían aún.

El médico le había preguntado que por qué no había ido nunca a hacerse las mastografías. Birgitta se rio bajito. Dio otra fumada al cigarro y se aseguró de tener chicle para disimular el olor a tabaco.

¡Qué sorpresa se habría llevado el médico si le hubiera dicho la verdad!

«Porque mi marido me maltrata siempre que se le antoja. Me pega donde no se ve, y yo acabo pensando que, si no se ve, no pasó nada.»

Tenía veintisiete años cuando conoció a Jacob en un bar del barrio de Klara que ya no existía. No recordaba el nombre del bar, pero tampoco le importaba. Jacob entró con un grupo de amigos. Era un economista recién graduado, de traje marrón, corbata fina y pelo peinado con gel, y a ella le pareció un esnob. Uno del grupo se les acercó a su amiga y a ella para invitarlas a reunirse con los economistas. Ellas contestaron que lo pensarían y al cabo de un momento fueron a sentarse con ellos. Ya entonces tuvo la impresión de que Jacob era callado e introvertido. Mientras sus amigos llevaban el ritmo de la conversación, él bebía tranquilamente su copa de vino y hacía de vez en cuando un comentario. Más tarde, el grupo siguió la fiesta en una discoteca. Como era evidente que el volumen de la música era una molestia para Birgitta, Jacob la tomó de un brazo y le preguntó si prefería ir a un sitio donde fuera posible oír lo que decían.

—¿Los otros también vendrán? —preguntó ella.

Jacob negó con la cabeza.

—No, sólo nosotros dos.

Birgitta se sintió especial. La elegida. Comprendió que Jacob era un hombre de pocas palabras y en ese instante sintió que era suya. Toda su vida cambió en ese momento. Si no se hubiera ido con él, todo habría sido distinto. Quizá no habría tenido moretones ni marcas enrojecidas de golpes cuando la hubieran citado para hacerse una mastografía.

Dos niños con overoles tipo abrigo de colores brillantes y gruesos gorros de lana mojados hasta las orejas arrojaban piedras al mar. Birgitta miró a su alrededor para ver si los vigilaba alguien. Siempre podía pasar una desgracia.

Enseguida notó que una mujer joven sentada en una banca seguía con atención sus juegos. Hizo un gesto afirmativo: «Muy bien». Pero al mismo tiempo, sintió cierta decepción. ¿Y si se hubieran adentrado en el mar y ella los hubiera salvado? El agradecimiento de los padres habría sido ilimitado. Quizá incluso habría aparecido su nombre en el periódico local. ¿Y si hubiera muerto mientras intentaba salvarlos? No podía imaginar mejor final para su vida que sacrificarla para salvar a dos niños. Quizá entonces Jacob y los gemelos se habrían sentido orgullosos de ella y habrían hecho bonitas declaraciones a la prensa.

—Te estás volviendo loca —se dijo en voz baja.

VICTORIA

El vestido rosa que le había prestado Mi le quedaba pequeño y al primer movimiento un poco brusco se le había descosido a la altura del trasero. Tenía que ir con cuidado para no enseñar sus intimidades al resto de la clientela de la taberna de Heby.

Les habían asignado una mesa para cuatro. Los hombres se habían sentado frente a frente. Victoria estaba acurrucada sobre un taburete bajo e incómodo y tenía al otro lado de la mesa a Mi, que no paraba de reír.

Ya habían comido la carne dura y las papas fritas blandas y grasientas. Malte pasó el dedo por el plato para recoger los últimos restos de salsa.

—¡Ahora vamos a brindar! —exclamó—. Tú no, Mi, porque el bebé te podría salir deforme y retrasado.

Levantó el vaso de cerveza y sonrió enseñando sus dientes amarillos. Tenía las mejillas y las comisuras de los labios brillantes de grasa. La risa histérica de Mi le lastimaba los oídos.

—¡Salud, cabrón! —gritó Lars, antes de vaciar el vaso y hacerle señas al mesero para que sirviera otra ronda.

Los primeros meses, Victoria se había esforzado por iniciar la conversación con Malte y por encontrar aficiones comunes. Había intentado tenerlo contento y satisfecho. Pero esa época había pasado. Cada vez le resultaba más difícil disimular su desprecio. La pequeña tailandesa estallaba en carcajadas y hacía gestos afirmativos después de cada comentario idiota que salía de labios de Lars o de Malte. Parecía feliz de vivir en Heby y de tener en casa a un hombre demasiado gordo que no se lavaba nunca y que hablaba de ella como si fuera una especie de animal doméstico. ¿Habría algo detrás de su risa y su mirada vacía?

—¿Me acompañas al baño? —le preguntó Victoria.

Mi asintió y se levantaron de la mesa. Victoria jaló rápidamente del corto vestido para que al menos le cubriera la mitad de las nalgas. Los hombres de la sala sonrieron socarronamente y se relamieron. En el baño, dos señoras suecas de cierta edad las miraron con gesto adusto.

—Putas importadas —susurraron entre ellas, señalándolas con un movimiento de la cabeza.

Victoria les sostuvo la mirada un momento y después volteó hacia Mi, que parecía totalmente impasible. Las mujeres se fueron.

—¿No te importa que hablen así de ti? —le preguntó mientras se sentaba en el inodoro.

Mi la observó sorprendida.

—¿No?

Victoria dejó escapar un suspiro y le señaló el vientre.

—¿Estás contenta?

—Mucho. Lars también. Quiero hacerlo feliz.

—¿No odias este maldito lugar?

—¿Heby?

—Sí.

—Heby está bien.

—¿Pero no extrañas tu tierra, a tu familia, a tus amigos?

—En mi país no tenía familia. No tenía nada. Aquí tengo todo.

Victoria suspiró y se acomodó el vestido. Mi abrió la puerta y varias miradas despectivas las siguieron mientras iban por el pasillo. En Ekaterimburgo le habría arrancado los ojos a cualquier mujer que la mirara así, pero ninguna se habría atrevido. Sobre todo desde que había conocido a Yuri.

Victoria trabajaba de dependienta en una tienda de ropa interior en un exclusivo centro comercial de la parte más céntrica de la ciudad. Una mañana, Yuri había entrado en la tienda acompañado de una mujer espectacular y dos guardaespaldas. La rubia teñida se había comportado de manera altiva y había arrugado la nariz cuando Victoria le había preguntado si necesitaba ayuda.

Mientras la mujer se probaba varios juegos de lencería carísima, Yuri le hizo un guiño a Victoria. Al cabo de unos instantes, la rubia espectacular salió del probador, arrojó la ropa interior sobre la mesa e hizo un gesto afirmativo. Yuri se levantó del sofá y le tendió a Victoria la American Express. También tenía en la mano un papel, donde había dibujado una carita sonriente al lado de un número de teléfono.

Cuando salieron, Victoria se quedó mirando el número y comprendió que le había llegado la oportunidad de su vida. Aunque se alegraba de tener trabajo, le molestaba atender a clientas millonarias a cambio de un salario que apenas le alcanzaba para comer y pagar la renta. En los clubes nocturnos de Ekaterimburgo había visto a hombres como Yuri gastarse en una noche más de lo que ella ganaba en un año. Las mujeres que los acompañaban apenas podían moverse bajo el peso del oro y los diamantes sobre sus cuerpos delgados. En el fondo, Victoria siempre había sabido que algún día sería una de ellas, y cuando notó que Yuri no le quitaba la vista de encima, comprendió que por fin había llegado su momento. Pero tenía que jugar bien sus cartas. Su relación con la mafia de Ekaterimburgo no debía limitarse a una breve incursión; los hombres como Yuri cambiaban de amante cada mes, pero ella pensaba actuar con inteligencia.

Transcurrieron cuatro días antes de que volviera a la tienda. Desde el primer encuentro, Victoria pasaba más tiempo que de costumbre delante del espejo cada mañana. La segunda vez, Yuri se presentó sin la rubia, acompañado únicamente de un guardaespaldas. Llevaba una bolsa. Sin dejar de mirar a Victoria, se dirigió a la caja y la colocó sobre el mostrador.

—¿Algún problema con las prendas? —preguntó Victoria con una sonrisa provocadora. Tomó una tanga y la levantó—. No todo el mundo puede usar bien algo así. Lamentablemente, no aceptamos devoluciones de ropa interior. Tendrá que decirle a su esposa que preste más atención cuando se pruebe una prenda.

—No has llamado —dijo Yuri.

—¿No he llamado? —replicó ella con expresión de sorpresa—. ¿A quién tenía que llamar?

Yuri la miró con una sonrisa socarrona.

—Ven a cenar conmigo.

—Con o sin cena, no aceptamos devoluciones de ropa interior. Lo siento. Es nuestra política.

—Olvídate de las putas tangas. Quiero que nos veamos fuera de aquí.

—Estoy trabajando, como puede ver.

Victoria sintió que se le aceleraba el corazón. ¿Estaría apostando demasiado fuerte? Cuando estaba a punto de aceptar la invitación, Yuri sacó el móvil.

—Dime el número de tu jefe.

Victoria se lo dijo. Lo oyó presentarse con su nombre y apellido, y distinguió la voz asombrada de su jefe, antes de que Yuri se volteara y se alejara unos pasos con el teléfono apoyado en el oído. Al cabo de unos minutos, regresó a la caja. Todavía estaba hablando por teléfono.

—Entonces quedamos así. Le pediré a mi abogado que le envíe el contrato. Adiós.

Yuri puso fin a la llamada y se guardó el celular.

—Acabo de comprar la tienda. El horario de apertura ha cambiado y tu jornada laboral acaba dentro de cinco minutos.

Victoria salió bruscamente de su ensoñación porque Malte le había dado un codazo.

—Ya no aceptan pedidos de las mesas. ¡Ve a la barra y pide dos cervezas más! —le ordenó su marido.

INGRID

Tommy no había acudido a la reunión con la maestra, a pesar de haberlo prometido. Ingrid se sentó encorvada delante del pequeño pupitre mientras Birgitta ocupaba su lugar frente a ella.

Le costaba pensar con claridad después de la conversación con Tommy. ¿Cómo era posible que tuviera tan poca empatía? Hacía muchos años que los dos reporteros en cuestión tenían aterrorizadas a las mujeres del periódico y nadie hacía nada al respecto. Pero eso no le impedía a Tommy ir a las tertulias matinales de la televisión para hablar de paridad y presumir de haber hecho entrar a una mujer en el consejo de redacción. Era un hipócrita. Y más hipócrita todavía era Ingrid, por no ponerlo en evidencia.

—¿Esperamos al famoso periodista? —preguntó Birgitta echando una mirada a la puerta.

—No, lo siento. Tiene trabajo en el periódico —respondió Ingrid de manera mecánica.

¿Cuántas veces había repetido la misma frase en los últimos años? ¿Por qué seguía protegiendo a ese cerdo traidor?

—¡Qué pena! —replicó Birgitta—. Pero lo entiendo. Hace un trabajo muy importante, con tantas cosas horribles que están pasando en el mundo.

Ingrid no respondió, pero la maestra no había terminado aún de alabar a Tommy:

—Leí su columna el domingo. Con qué pasión defiende sus ideas. Eres muy afortunada de estar a su lado. Debes de estar muy orgullosa.

Ingrid tuvo que esforzarse para reprimir una mueca de disgusto. Cambió de posición en el asiento y las patas de la silla arañaron el suelo.

—¿Empezamos?

—Sí, desde luego —respondió Birgitta, uniendo las manos, mientras daba un vistazo rápido a los papeles que tenía delante—. La pequeña Lovisa es tan guapa como su madre y tan lista como su padre. Destaca en todas las asignaturas y...

Ingrid se sentó al volante. No podía seguir así, tenía que hacer algo. Sentía la rabia bullir en su interior. Buscó el teléfono, envió un mensaje a la chica que cuidaba a su hija para pedirle que se quedara dos horas más y puso rumbo a la redacción de *Aftonpressen*, en el centro de la ciudad.

Después de varios minutos de dar vueltas en busca de un lugar donde estacionarse, se dio por vencida y dejó el coche en una zona de carga y descarga. Franqueó las grandes puertas corredizas y cuando se dirigía a la puerta giratoria se dio cuenta de que no disponía de un pase. Volvió sobre sus pasos y se dirigió a la recepcionista en el mostrador de entrada.

—Hola, vengo a ver al director de *Aftonpressen*, Tommy Steen.

La recepcionista hizo un gesto afirmativo.

—¿Tiene cita?

—Soy su mujer.

La chica del mostrador le sonrió con amabilidad.

—Lo siento, pero pedimos pase o cita previa a todos los visitantes. Son nuestras reglas. ¿Por qué no llama a su marido y le pide que baje a buscarla?

Ingrid se inclinó sobre el mostrador y clavó la mirada en la recepcionista.

—Ábrame ahora mismo la puerta, ¿me oye?

La chica empezó a decir algo, pero en ese mismo instante Ingrid oyó que la llamaban. Se volvió y vio a una de sus antiguas colegas, Mariana Babic, que la abrazó con cariño.

—¡Ingrid! ¿Viniste a ver a Tommy? —le preguntó.

—Sí, era lo que pensaba hacer.

—¡Qué pena! Por un momento supuse que habías vuelto a trabajar con nosotros; pero, de ser así, te habrían dado un pase. Ven, entra conmigo.

Mariana pasó dos veces su tarjeta por el lector y dejó entrar a Ingrid. Mientras las dos subían en el elevador,

Ingrid no pudo evitar preguntarse si Mariana estaría al corriente de la aventura de Tommy. Habían llegado juntas al periódico y durante un tiempo se habían visto bastante, incluso fuera del trabajo. Ahora Mariana dirigía la sección de política y era una de las personas más poderosas de la redacción. Ingrid se sentía inferior, torpe y perdida, respondiendo a las preguntas de su antigua colega. ¿Era compasión lo que notaba en la cara de Mariana?

Se abrieron las puertas del elevador y salieron al pasillo.

—No necesito enseñarte dónde tiene el despacho tu marido, ¿no? —dijo Mariana riendo.

—Creo que podré encontrarlo yo sola.

Mariana la miró con expresión seria.

—Estaría bien que... Tenemos que vernos un día de estos, ¿quieres?

—Sí, claro —respondió Ingrid, aunque sabía que Mariana se lo decía más que nada por cortesía.

—Perfecto, entonces. Nos vemos.

Se acercó a Ingrid y le dio un abrazo. De camino hacia el despacho de Tommy, Ingrid reconoció algunas caras y saludó rápidamente a algunos conocidos, sin detenerse. Pasó por delante de la sección de cultura hasta llegar a la mesa central, el corazón del periódico.

El despacho acristalado de Tommy estaba situado de tal manera que dominaba todo el movimiento de la redacción. Tommy estaba sentado con los pies sobre la mesa y la laptop sobre las rodillas, escribiendo con ex-

66

presión concentrada. Ingrid llamó a la puerta y entró. Su marido levantó la vista sorprendido, porque muy pocos de sus subalternos entraban sin esperar respuesta.

—¿Qué haces aquí? ¿Le pasó algo a Lovisa?

—No, Lovisa está bien. Tranquilo.

Ingrid cerró la puerta después de entrar, mientras Tommy se incorporaba en la silla y dejaba la computadora en la mesa.

—¿Por qué viniste entonces?

Ingrid se sentó en una de las dos sillas reservadas a los visitantes.

—¿Qué va a pasar con Ola Pettersson y Kristian Lövander? —preguntó.

Tommy la miró con cierta perplejidad.

—¿Qué quieres decir?

—Se han formulado acusaciones muy graves contra ellos.

—¿Y te presentas aquí de repente, intempestivamente, para hablar de esos dos? Creo que me expresé con suficiente claridad el otro día.

Ingrid giró la cabeza hacia el resto de la redacción y a continuación volteó para mirar a Tommy.

—En mi primera fiesta de verano en el periódico, Ola Pettersson me metió la mano por debajo de la falda y me dijo que una de las obligaciones de las chicas nuevas era «pasar la prueba» con él. Yo tenía veintitrés años; él, cuarenta.

Tommy se le quedó mirando con expresión vacía, sin reaccionar. Ingrid se preguntó cómo le habría hecho para seducir a la joven periodista. Era posible que la propia Ingrid se hubiera cruzado con ella al atravesar la redacción.

—Ya sé que es un imbécil, pero...

—¿Pero qué, Tommy? ¿Es un imbécil, pero como ha ganado muchos premios puede tirarse a todas las chicas jóvenes del periódico? ¿Y Kristian Lövander? ¿Con la Pluma de Oro se ganaba también el derecho a humillar a todas las becarias? ¿Era parte del premio?

—Cálmate. Sabes que no es lo que quiero decir.

—Entonces ¿qué es lo que quieres decir?

Tommy suspiró, pasándose una mano por la barba de pocos días.

—Despídelos —prosiguió ella—. ¿Cómo diablos van a criticar en este periódico a ese presentador denunciado por acoso sexual, si no hacen limpieza ustedes mismos? —Apretó los puños e hizo una inhalación profunda—. ¿Pero qué vas a decir tú, si también eres un hipócrita? ¡Un jodido hipócrita es lo que eres! —exclamó.

Tommy se sobresaltó.

—¿Qué te pasa? ¡Tranquilízate!

Echó una mirada inquieta por encima del hombro de Ingrid y saludó con aparente cordialidad a alguien que pasaba.

—Si dentro de cuarenta y ocho horas esos dos cerdos no están en la calle, te juro que iré a la televisión y contaré con pelos y señales toda la basura que recuerdo de Ola Pettersson.

—No serías capaz de hacer algo así —replicó Tommy, con la cara cada vez más enrojecida. Al cabo de unos segundos, estalló—. ¡No puedes ser tan jodidamente desleal! ¡Le harías daño al periódico! ¡Me harías daño a mí!

Se puso de pie tan bruscamente que la silla cayó al suelo.

¿Desleal? ¿Cómo podía hablar el muy hipócrita de deslealtad? Ingrid abrió la boca para decirle a gritos que sabía que la estaba engañando con otra, pero se contuvo. Apretó los puños y respiró hondo.

#MeToo. Las reglas del juego habían cambiado y ella pensaba jugar con habilidad. Tommy seguía mirándola con el rostro encendido de indignación.

—Esos dos cabrones tienen que estar fuera de este periódico dentro de cuarenta y ocho horas —dijo ella en tono sereno, levantándose de la silla.

Cuando salió del despacho, estaba temblando de rabia. Atravesó la redacción mirando fijamente adelante, sin saludar a nadie.

VICTORIA

Malte dormía a su lado. Cada poro de su cuerpo voluminoso desprendía un sofocante hedor a alcohol. Victoria apoyó los pies en el suelo y abrió un poco más la ventana antes de meterse otra vez debajo de las cobijas. Tres minutos después, volvió a levantarse.

Malte se quedaría durmiendo hasta tarde al día siguiente. Si ella agarraba la camioneta, se iba a Estocolmo y allí se embarcaba en el ferry a San Petersburgo, él ni siquiera lo notaría. Lo único que necesitaba era el pasaporte y unos cuantos miles de coronas para la gasolina y el boleto. Podría instalarse en algún pueblito de la costa del Báltico donde nadie la conociera, conseguir trabajo en una tienda y empezar de nuevo.

Cualquier cosa antes que seguir siendo la bestia de carga de Malte.

Salió al vestíbulo, fue al piso de abajo y miró a su alrededor. Su marido guardaba los objetos de valor en una

71

pequeña caja fuerte, donde también solía haber dinero en efectivo. Sintió que el corazón le palpitaba con fuerza en el pecho. Estaba excitada y llena de energía.

Por fin iba a salir de allí. Se puso a tararear la melodía del himno nacional ruso mientras sacaba las llaves de la casa de la maceta donde estaban escondidas. Malte siempre se había negado a mostrarle las llaves, pero la noche anterior se traicionó: al echársele encima hizo caer una de las macetas del alféizar de la cocina, de la que salió disparada una llave. Victoria fingió que no se daba cuenta de nada. Malte, a pesar de la borrachera, consiguió devolverla a su lugar. Fuera, una espesa niebla cubría el campo oscuro.

Se acercó a la caja fuerte y la abrió. En el fondo encontró su pasaporte color burdeos y, en un sobre, diez mil coronas. Tomó el dinero y se guardó el pasaporte en el bolsillo trasero de los jeans. Se puso una chamarra gruesa de abrigo y recorrió con la vista el vestíbulo. No necesitaba nada más. No quería conservar ningún recuerdo de la casa.

Malte tenía la costumbre de dejar las llaves de la camioneta colgadas de un gancho al lado de la puerta. Victoria las buscó a tientas, pero no estaban.

INGRID

No había sabido nada de Tommy desde su visita a la redacción. No tenía ni idea de dónde estaba, lo único que sabía era que las cosas habían cambiado, y para siempre. Se quedó mirando la imagen de la mujer en la pantalla de la computadora.

Había entrado en la web de *Aftonpressen-TV* para ver las últimas noticias sobre los casos de acoso sexual destapados por la campaña #MeToo cuando de repente... esa voz. La misma que reía nerviosamente en la grabación, dentro del coche de Tommy. Y ahora esos labios. Los mismos que habían masturbado a su marido. Congeló la imagen y se acercó a la pantalla. La presentadora Julia Wallberg era rubia, tenía grandes ojos verdes y unos labios perfectos para hacer anuncios de helados. Era tremendamente guapa. Y muy joven. ¿Qué tan joven? Ingrid lo consultó en Wikipedia. Veinticinco años. Su carrera había sido meteórica y ese mismo año la habían distinguido como una de las personas menores de treinta años más influyentes de Suecia. ¿Se habría cruzado con ella en la redacción? No, Ingrid no lo creía. Buscó su cuenta de Instagram. Veintidós mil seguidores. Fotos suyas en el estudio de televisión, en un bar, en diferentes terrazas...

Una foto tomada en Palma. Tommy también había viajado a Mallorca en julio, con un amigo de la infancia. Ingrid se levantó y fue a consultar la agenda en la computadora, al lado del refrigerador. Las fechas coincidían. ¿Desde cuándo serían amantes? Volvió a mirar la cuenta de Instagram y, curiosamente, observó que Julia Wallberg acababa de publicar una foto en un conocido restaurante italiano, Taverna Brillo.

Subió rápidamente al cuarto de Lovisa para comprobar que estaba durmiendo y se metió en el baño, se maquilló a toda prisa, se puso un abrigo, salió y cerró la puerta con llave.

VICTORIA

Habían pasado veinte minutos y Victoria seguía sin encontrar las llaves de la camioneta. No estaban en ninguna de las chamarras de Malte ni en la cajonera junto a la puerta. Hizo una inhalación profunda. ¿Sería posible que se hubieran quedado en los jeans de su marido, en el dormitorio? Malte tenía el sueño pesado, pero Victoria no tenía ganas de desafiar al destino poniéndose a rebuscar en la habitación.

Abrió poco a poco la cerradura y forzó la vista en la penumbra. Un vaho caliente de sudor y cerveza rancia le golpeó la cara. Se quitó los zapatos.

—Es la última vez —murmuró en ruso para sus adentros y entró tan silenciosamente como pudo.

Malte seguía roncando. Enseguida se le acostumbraron los ojos a la oscuridad y no tardó en localizar los jeans de talla extragrande, tirados en una silla junto a la ventana. Empezó a buscar a tientas en los bolsillos. De repente, las llaves cayeron al suelo y el ruido la paralizó y le cortó la respiración. Miró a Malte. Había dejado de roncar y mascullaba algo. ¿Estaría hablando en sueños o se habría despertado? Victoria sintió que el aire viciado empezaba a quemarle los pulmones y no tuvo más remedio que abrir la boca y dejar escapar el aliento, procurando no hacer ruido. Respiró otra vez y se agachó para buscar por el suelo. Al fin tocó metal y agarró las llaves. Las rodeó con la palma de la mano para que no hicieran ruido al entrechocar. Entonces se tiró en el suelo y salió arrastrándose en dirección a la puerta.

INGRID

Colgó la bolsa y el abrigo de un gancho de la barra y pidió un gin-tonic. El restaurante estaba atestado de gente joven, estilosa y a la moda. El espejo detrás de la barra le permitía dominar todo el local sin tener que voltearse. En una de las mesas redondas estaba Julia Wallberg con dos amigas, vestida con blusa blanca y falda azul marino. De vez en cuando se le acercaba alguien, intercambiaba con ella unas palabras y se hacía una *selfie* con ella. Julia reía y parecía estar a gusto. También daba la impresión de tratar con amabilidad a las personas que la abordaban, aunque Ingrid no podía oír nada de lo que decían.

Haciendo sombra con una mano sobre el teléfono, abrió el navegador y escribió el nombre de Julia en el campo de búsqueda. Ya que estaba ahí sin hacer nada, podía aprovechar el tiempo para investigar un poco. El problema era que no tenía ni idea de lo que haría después. ¿Confrontar a Julia? ¿Preguntarle cómo podía haberse dejado envolver en una aventura con un hombre casado?

Julia Wallberg —según pudo leer— había pasado la infancia en Borås, pero se había trasladado a Estocolmo para estudiar en la Escuela Superior de Kaggeholm. Paralelamente había abierto un canal de YouTube sobre temas políticos, que había hecho que *Aftonpressen* se fijara en ella. Vivía en Bergsunds Strand, en el barrio de Södermalm.

A Ingrid le temblaban las manos. Levantó la vista y miró a la joven mientras se llevaba el vaso a los labios. ¿Reconocería en ella a la mujer de su amante? Había llegado el momento de comprobarlo. Se arregló el pelo en el espejo, tomó la bolsa y el abrigo, se levantó y pasó junto a la mesa de Julia con la mirada al frente.

En la mano llevaba el iPhone, discretamente dirigido hacia el objeto de su atención. Fue a los baños, entró en uno de los cubículos y cerró la puerta. Hizo una inhalación profunda. Le palpitaba el corazón y sentía débiles las piernas. Con manos temblorosas, detuvo la grabación y puso en marcha el video. Cuando vio la reacción de Julia, no pudo reprimir una sonrisa. La joven periodista había puesto cara de sorpresa y le había dado un codazo a una de sus amigas, indicando a Ingrid con un movimiento de la cabeza. Ésta se sentó en el inodoro y orinó, mientras decidía qué hacer a continuación. Ya llevaba dos horas fuera de casa. Eran más de las once y lo más sensato habría sido regresar. Pero por alguna extraña razón, quería estar cerca de Julia. Salió discretamente de los baños y volvió a la barra por otro camino, justo a tiempo para ver que Julia se despedía de sus amigas. Esperó medio minuto y salió tras ella.

Llovía a mares.

Ya en la calle, echó a correr hacia Humlegården, donde había dejado el coche. En el preciso instante en que se sentó y tomó el volante, sonó un tono de notificación en el celular. Puso en marcha el coche y empezó a bajar por Birger Jarlsgatan, mientras leía el mensaje de Tommy.

¿Estás en casa?

Sonrió. Julia ya debía de haberle contado que había visto a su mujer en un bar.

Mientras maniobraba el coche hacia Kungsgatan, en dirección al Centralbron, escribió su respuesta.

Claro. ¿Dónde
iba a estar?

Con una sonrisa, dejó el teléfono en el asiento del acompañante y se concentró en conducir. Los limpiaparabrisas funcionaban frenéticamente bajo la lluvia torrencial. Con un poco de suerte, llegaría a la casa de Julia antes que ella.

VICTORIA

Sacó un suéter y unos pantalones de la cesta de la ropa sucia y los metió en una bolsa. Estaban arrugados y olían a usado, pero necesitaba una muda de ropa y no se atrevía a abrir el clóset del dormitorio. Sacó dos latas de atún de la despensa, guardó un abrelatas en la bolsa y llenó de agua una botella de plástico. Solamente disponía del dinero que había tomado de la caja fuerte y tenía que durarle mucho tiempo.

Recorrió con la vista la casa en penumbra. ¿Se habría olvidado de algo? Recogió las botas para no hacer ruido y se dirigió hacia la puerta interior del garaje. La abrió con cuidado y se inclinó para ponerse las botas. El aire del garaje apestaba a gases de escape y aceite de motor.

Corrió a la camioneta, introdujo la llave en la cerradura y la hizo girar. Arrojó la bolsa al interior del vehículo y se puso al volante. No tenía licencia, pero Yuri le había enseñado a conducir. Lo había hecho en un

BMW y no en una desvencijada camioneta Renault, pero se las arreglaría, sólo debía evitar que la policía la detuviera. Accionó el control remoto de la persiana del garaje. El rayo de luz procedente del exterior empezó a ensancharse delante del vehículo. Cuando se disponía a arrancar, notó un movimiento a sus espaldas.

La puerta interior del garaje se había abierto. Malte. Tenía que ser Malte.

—Pero ¡¿qué demonios...?! —lo oyó gritar.

Con manos temblorosas, introdujo la llave en el contacto. El motor empezó a toser y en ese preciso instante Malte abrió violentamente la puerta del lado del conductor.

INGRID

Seguía lloviendo a cántaros. Los muelles de Bergsund estaban en gran parte desiertos. Ingrid se había estacionado en doble fila a unos veinticinco metros de la casa de Julia, pero la joven periodista todavía no había aparecido.

¿Se habría equivocado? ¿Quizá no pensaba volver a casa? ¿Tal vez tenía intención de pasar por otro lugar? Ingrid recordaba que, en su juventud, muchas mañanas se presentaba en la redacción sin haber pasado antes por su casa, directamente desde un bar.

El hilo de sus pensamientos se vio interrumpido por la aparición de un hombre que llegaba bajando la calle, con la cara oculta detrás de un paraguas rojo. Por un momento creyó que era Tommy, pero el hombre pasó de largo en dirección a Långholmen.

Ingrid encendió el motor, apagó los faros para no atraer miradas curiosas, subió la calefacción y puso las manos heladas bajo el chorro de aire caliente. ¿Qué haría cuando apareciera Julia? ¿Y si no venía sola? ¿Y si Tommy iba con ella? ¿Saldría del coche para que la vieran? ¿Gritaría, lloraría? ¿Se pondría a maldecir la traición y las mentiras de Tommy?

Desde Hornstull llegaba una pareja caminando, los dos bajo el mismo paraguas. Eran Tommy y Julia. Ingrid tensó las manos sobre el volante. Con la respiración cada vez más agitada, quitó el freno de mano, metió la primera velocidad y aceleró hacia ellos.

Las fachadas de las casas pasaban a toda velocidad a los lados del coche.

Tommy y Julia iban cruzando la calle por el paso de peatones, sin notar que un coche se precipitaba hacia ellos con los faros apagados.

VICTORIA

Malte se arrojó encima de ella con todo el peso de su cuerpo amorfo e intentó alcanzar la llave mientras Victoria pisaba el acelerador, pero el coche no se movía. Los dos comprendieron al mismo tiempo que el problema era el freno de mano, que aún estaba puesto.

Malte fue el primero en alcanzarlo. Con un grito, lo inmovilizó y le propinó un puñetazo en el pecho a Victoria, que soltó un aullido e intentó morderle la espalda. Después, Malte aferró la llave, la giró y apagó el motor.

Tras salir con dificultad de la cabina, se dobló sobre sí mismo con las manos apoyadas sobre las rodillas, jadeando para recuperar el aliento. Victoria dejó caer la cabeza sobre el volante. ¡Había estado tan cerca! ¡Tan jodidamente cerca! Al cabo de unos segundos reparó en la expresión de odio de Malte.

—Pensé que se había colado un ladrón en el garaje —le dijo él, todavía con la respiración agitada. Victoria no le respondió—. ¿Ibas a largarte así, sin más?

Victoria lo miró con desprecio.

—No quiero quedarme aquí contigo. Quiero divorciarme. Extraño mi país.

Durante unos segundos Malte pareció sorprendido, como si de repente fuera a tomarla de la mano, darle unas palmaditas y decirle: «Te entiendo». Pero su expresión de asombro no tardó en transmutarse en rabia.

Enderezó la espalda, dio un paso al frente y tomó a Victoria por el brazo, con la intención de sacarla a la fuerza de la camioneta.

—¡Maldita zorra desagradecida! —le gritó, arrojándola contra la puerta del vehículo—. ¿Pensabas huir? ¿Abandonarme, después de todo lo que he hecho por ti?

Mirándola fijamente, fue hacia ella y la agarró por el cuello; Victoria tenía que esforzarse para respirar.

—¡Suéltame, suéltame! —gritó ella.

El mundo empezó a dar vueltas a su alrededor y unos puntos rojos de luz comenzaron a bailarle en la retina. Se dio cuenta de que iba a morir.

—Me he portado muy bien contigo —le dijo Malte, mirándola a los ojos.

Victoria intentó responder, pedirle perdón, pero no consiguió articular ninguna palabra. Solamente pudo proferir una especie de estertor y al instante siguiente perdió el conocimiento.

INGRID

El plan era embestirlos. Saldrían despedidos por el aire y morirían. Ella, por su parte, huiría a toda velocidad, giraría a la derecha por el puente en dirección a Lilje-holmen y se perdería en la noche. Sería uno de tantos accidentes en los que el conductor se da a la fuga. Un conductor en estado de embriaguez habría acabado de manera totalmente fortuita con las vidas del director de *Aftonpressen* y de la estrella en ascenso de la televisión del periódico. Mientras avanzaba hacia ellos a toda velocidad, Ingrid ya podía verse a sí misma en la iglesia, de luto y con la cara oculta tras un velo, aceptando dignamente las condolencias.

El velocímetro marcaba setenta y tres kilómetros por hora y quedaban unos veinte metros por recorrer.

Tommy levantó la vista y quedó paralizado. La boca de Julia esbozó un grito.

En ese mismo instante, Ingrid comprendió su error. El GPS. ¿Sobre cuántos casos había escuchado en los que la tecnología hacía saltar por los aires la coartada del asesino? Aunque Ingrid limpiara el coche de sangre y le explicara a la policía que había estado toda la noche en casa, la investigación no se detendría, sobre todo cuando se supiera que Tommy estaba con su amante. Acabaría en la cárcel. En el último momento, dio un volantazo a la derecha.

El coche derrapó y pasó a escasos centímetros del cuerpo de Tommy. Ingrid recuperó el control del vehículo sobre el asfalto resbaladizo y aceleró. Por el retrovisor vio que Tommy y Julia la seguían con la vista.

Ahora ya sabían que estaba al corriente de su traición.

¿Cómo reaccionaría Tommy?

El semáforo estaba en rojo, pero no había coches a la vista. Giró a la derecha, hacia el puente de Liljeholm. No sabía si era mejor llamar a Tommy o esperar a hablar con él personalmente. Quizá optara por quedarse en casa de Julia para serenarse y decidir qué hacer a continuación. ¿Y ella? ¿Qué debía hacer?

¿Pedir el divorcio? ¿Buscar trabajo como periodista? El avance de la digitalización había reducido su valor en el mercado de trabajo. Ni siquiera tenía cuenta de Twitter. Pero estaba obligada a ganarse la vida. Las capitulaciones que habían firmado antes de la boda eran meridianamente claras: en caso de divorcio, no podía esperar ni un céntimo de Tommy. ¿Qué haría él? ¿La dejaría? ¿Comenzaría una nueva vida con Julia? La chica era joven y suponía que querría tener hijos. Ingrid adelantó un camión sin poner las direccionales y volvió a situarse en el carril de la derecha. No, el divorcio no era una opción. Por muchas vueltas que le diera, sólo había una solución: Tommy tenía que morir. Por su traición y para que Lovisa y ella no tuvieran que sufrir la humillación de malvivir en un departamento rentado de las afueras.

BIRGITTA

En el desván estaba la casa de muñecas con la que Birgitta jugaba de niña y que en otro tiempo había pensado regalar a la hija que nunca había tenido. Una vez la había bajado para que jugaran los gemelos cuando eran pequeños. Pero entonces había llegado Jacob y se había puesto como una fiera.

—¡¿Estás loca? ¿Quieres que nos salgan maricones?! —le había gritado, antes de darle una patada a la casita de muñecas.

Birgitta se había apresurado a devolverla a su sitio en el desván, para que Jacob no se la llevara a la chimenea. Pero él se había desentendido enseguida y se había llevado a los niños a jugar al descampado, provistos de palos de hockey.

Pasó la mano por el tejado de la casa en miniatura. Cuando se había convencido de que nunca tendría una hija, había decidido guardarla para sus nietas, pero ahora sabía que probablemente no llegaría a ser abuela. Era una pena. Estaba convencida de que habría sido una buena abuela, o al menos que habría sido mejor abuela que madre.

Acarició por última vez la casita de muñecas y bajó la escalera con pasos cautelosos. No había dejado de ser madre. Todavía era responsable de sus hijos. Tenía que asegurarse de que siguieran viviendo bien cuando ella ya no estuviera. Los gemelos no tenían suficiente para vivir sin el dinero que Jacob les pasaba todos los meses, pero cada vez era más difícil ayudarlos económicamente. La gestoría de Jacob, que aparentaba mucho éxito y prestigio, en realidad estaba al borde del abismo. Birgitta sabía que su marido había tomado dinero «prestado» de algunos clientes para invertir en diferentes proyectos que al final no habían dado los resultados esperados. Era sólo cuestión de tiempo para que todo se descubriera, y entonces Jacob acabaría mal, con toda seguridad, en la cárcel. Birgitta se las habría podido arreglar dejando la casa y mudándose a un departamento. Habría podido reducir los gastos y seguir pasando unas dos mil coronas al mes a los gemelos. Pero ahora todo había cambiado. Ella se iba a morir y a Jacob lo meterían en la cárcel. ¡Pobres niños!

Habrían podido poner todos los bienes a nombre de Birgitta o de los chicos para proteger el patrimonio familiar, pero Jacob se había negado. Ahora le correspondía a ella encontrar una solución lo antes posible.

Fue al colegio en autobús, bajó a la biblioteca y encendió una de las computadoras. Inició la sesión como invitada y entró en Google.

VICTORIA

La habitación del sótano estaba en penumbra.

Si intentaba hablar, solamente le salía un gemido ronco. La garganta le dolía y la sentía inflamada, como cuando de niña tenía anginas. Hasta llorar le lastimaba.

La noche anterior, cuando Malte la tenía agarrada por el cuello, había creído que se iba a morir.

Antes de perder el conocimiento, se había preguntado cuántas mujeres a lo largo de la historia habrían acabado su vida con esa misma imagen delante: la cara del hombre con el que se habían casado, con los rasgos desfigurados por la ira, asesinándolas.

Se había despertado en el suelo frío del garaje, había inhalado a grandes bocanadas el aire saturado de gasolina y se había quedado dos horas más tumbada antes de levantarse sobre las piernas temblorosas para entrar en la casa tambaleándose.

Malte no le había dirigido la palabra ni había ido a ver cómo se encontraba. Victoria estaba segura de que se habría quedado dormido en el sofá, después de emborracharse, ver partidos de futbol y películas porno. Se había prometido que no sería una más de la lista de mujeres asesinadas: Malte jamás tendría la oportunidad de quitarle la vida. No pensaba permitir que ningún hombre la matara. Pero necesitaba ayuda. Y se le había ocurrido el modo de procurársela.

INGRID

Pasaron tres días antes de que Tommy volviera a casa. Hasta el instante en que entró por la puerta, Ingrid dedicó todo su tiempo a perfeccionar el plan que había urdido.

Cuando oyó el ruido de la cerradura, se quedó tranquilamente sentada a la mesa. Tommy asomó la cabeza, la miró un momento y entró en la cocina. «Mantén la calma —se dijo Ingrid—. Todo depende de que mantengas la calma.»

Tommy separó una silla de la mesa. Lo hizo como siempre, con cuidado, levantando las patas un par de centímetros del suelo para no hacer ruido. Se sentó, mirando fijamente a Ingrid, que esperó unos segundos. Había prometido estar a su lado en la riqueza y en la pobreza, en la salud y en la enfermedad, hasta que la muerte los separara, y pensaba cumplir su promesa.

Su marido se aclaró la garganta.

—¿Cuánto hace que lo sabes? —le preguntó.

—Un par de semanas —respondió Ingrid en voz baja.

—¿Por qué no dijiste nada?

—¿Qué querías que dijera, Tommy?

—Algo, cualquier cosa. Pero en lugar de hablar, intentaste... matarme —respondió él con expresión de incredulidad.

—No intenté matarte. Ni tampoco a ella. Solamente estaba triste. Enojada.

—¿Y ahora?

—Ahora estoy sobre todo triste. —Se puso a quitar con la uña algo diminuto que se había pegado a la mesa—. ¿Me vas a dejar?

Tommy apoyó una mano encima de la de ella. Una mano grande y tibia. Pequeñas islas de pelitos le crecían en el dorso de los dedos. Antes, cuando eran jóvenes, ella solía ayudarlo a quitárselos con cera.

—No sé cómo podríamos superar esto.

Ingrid le apretó la mano.

—Lovisa te necesita, las dos te necesitamos —dijo, haciendo un esfuerzo para no derrumbarse—. No puedes abandonarnos. Pero si sigues con esa mujer, hazlo con discreción. Entiendo que la vida conmigo no siempre ha sido fácil.

Tommy se le quedó mirando, sin acabar de entender.

—¿Quieres decir que... no te importa?

Ingrid asintió.

—Puedo aceptarlo, si es lo que tú quieres. Pero hazlo discretamente, sin que nadie lo sepa. Si es la manera de que no me abandones.

A Tommy le costó disimular que se sentía como si acabara de tocarle el premio mayor de la lotería.

«Pobre infeliz —pensó Ingrid—. Pobre patético desecho humano.»

SEGUNDA PARTE
Tres semanas después

INGRID

Estacionó el coche en una zona de carga y descarga, delante del complejo Garnisonen. Volteó y vio que su hija seguía absorta en la pantalla de su iPad.

—Espera aquí. Mamá vuelve enseguida —le dijo.

Salió del coche y comprobó que no hubiera policías en los alrededores. Un grupo de estudiantes equipados con chalecos amarillos reflectantes pasó a su lado. Empujó la puerta de la sucursal de correos y dejó salir a una señora mayor mientras estudiaba el techo del vestíbulo. No parecía que hubiera cámaras. En realidad, le daba lo mismo. Solamente iba a recoger un sobre en un apartado de correos. El apartado número 1905. Le había resultado fácil memorizarlo, porque era el año en que Noruega se había independizado de Suecia. Torció a la derecha y se detuvo delante de la larga fila de buzones metálicos. Estuvo a punto de quitarse los guantes de piel, pero se contuvo. Cuando encontró el buzón que buscaba, sacó la llave de la bolsa, la introdujo en la cerradura y la hizo girar. Dentro había dos cartas. Extrajo las dos, pero volvió a meter en el buzón la que tenía la palabra *tres* en el sobre, escrita con caligrafía anticuada. Ingrid era la número dos, lo mismo que el mes anterior.

Se preguntó quiénes eran las otras dos mujeres. Se habían conocido en un foro de internet, donde se quejaban de sus vidas y buscaban ayuda. Después pasaron a un chat encriptado que Ingrid conocía porque lo usaban muchos periodistas. Y ahí empezaron a urdir su plan.

Pero era mejor no pensar demasiado en ello. Seguramente tendrían sus razones, lo mismo que ella. Cuanto menos supieran unas de las otras, más seguro sería todo.

En los últimos tiempos, Tommy pasaba dos o tres noches por semana fuera de casa. Le habría gustado saber cómo le explicaría la situación a Julia. La joven presentadora debía de pensar que Ingrid estaba desesperada para permitir que su marido tuviera una relación extramatrimonial. ¿Se reirían de ella a sus espaldas? No le importaba.

Guardó el sobre en la bolsa y salió de la pequeña sucursal de correos. Lovisa apenas levantó la vista cuando Ingrid abrió la puerta y se sentó al volante.

—Volvemos a casa, cariño.

—¿Estará papá esta noche?

Ingrid negó con la cabeza.

—No, esta noche no. Pero prometió que mañana vendrá directamente del trabajo.

BIRGITTA

El tiempo era horrible, la temperatura superaba por poco los cero grados y las carreteras estaban muy resbaladizas. En la cajuela del coche rentado había cinco metros de cable y un aerosol de pintura negra. Además, Birgitta había comprado una caja básica de herramientas, con desarmador y martillo. Pero se sentía como si circulara con una bomba o un par de kilos de droga en el coche. Había tenido mucho cuidado de no superar el límite de velocidad en todo el trayecto desde Estocolmo, pero cada tres segundos miraba por el retrovisor esperando ver aparecer en cualquier momento las luces azules de la policía.

La carta, que había quemado después de leer un par de veces, estaba escrita en un sueco bastante deficiente, lo mismo que las primeras llamadas de auxilio desesperadas que había encontrado en el foro en internet.

Iba a matar a un hombre, sí. Pero al mismo tiempo liberaría a una mujer. La suma de sus acciones tendría un resultado positivo. Y cuando lo hubiera hecho, alguien la liberaría a ella. Se concentró en disfrutar de la sensación de libertad. Daba gusto conducir sin que nadie la criticara. Jacob solamente la dejaba ponerse al volante cuando estaba cansado. Al principio incluso se había opuesto a que sacara la licencia.

Veinte minutos después, pasó por una gasolinera, se detuvo en un cruce y vio una señal con el nombre de Heby. A mano derecha había un supermercado de la cadena Ica.

«Hay que girar a la derecha después del Ica», se dijo.

Puso las direccionales, salió de la pequeña localidad y se encontró rodeada de un bosque oscuro. La carretera era estrecha. Cuando se cruzó con el primer vehículo llegó a preguntarse si habría espacio suficiente para los dos y de hecho estuvieron a punto de rozarse. Quince kilómetros más adelante tenía que aparecer el cartel.

Esperaba que la mujer a la que iba a salvar cumpliera su parte del trabajo, porque de lo contrario otra persona podría verse afectada. Un inocente. Birgitta no sabría qué hacer si sucediera una desgracia. Sintió húmedas las palmas de las manos y se las secó en las rodillas. El reloj marcaba las 16:37. Aceleró tanto como pudo en el camino resbaladizo. Era mejor presentarse antes de tiempo que llegar tarde. Esperaba que fuera fácil encontrar el lugar y que las instrucciones de la desconocida fueran exactas.

VICTORIA

No paraba de ir y venir dentro de la cocina. Le habría gustado tener un cigarro, pero ya se los había fumado todos. Había repasado cien veces el plan. Podía salir mal, terriblemente mal, pero tenía que arriesgarse. Si quería que Malte muriera sin acabar ella en la cárcel, ése era el único camino.

Había hecho lo que tenía que hacer; ahora era el turno de la otra persona, que ya debía de estar cerca. Había marcado los árboles de manera discreta. La camioneta estaba inutilizada en el garaje, y en cualquier momento Malte tendría que ponerse el casco para salir con la moto. Victoria confiaba en que tomara el atajo del bosque, como hacía siempre que iba en moto. Sólo esperaba que no se pusiera a llover. Lo había oído maldecir en el garaje. Cuando después había entrado en tromba en la casa, Victoria había pensado por un momento que la miraba con suspicacia. Pero eran imaginaciones suyas. Sabía que Malte no la consideraba capaz de estropear la camioneta. Pensaría que no sabría hacerlo. Sin embargo, un poco de azúcar en el depósito de gasolina había sido suficiente, tal como le había enseñado su madre cuando aquel imbécil de su clase, Alexander, le había metido mano en la discoteca de menores cuando ella no tenía ni quince años. La motocicleta azul de la que tan orgulloso se sentía el idiota no había vuelto a arrancar nunca más.

BIRGITTA

En el bosque, las ramas de los árboles crujían movidas por el viento. La oscuridad era compacta. Ayudándose con la linterna del celular, Birgitta encontró una bufanda roja atada a un tronco. Miró a su alrededor, sacó la bolsa de la cajuela y agitó el bote de espray. Estaba a punto de aplicarle la pintura al cable cuando se dio cuenta de que el coche estaba demasiado cerca.

Pensó que no podía dejar ningún rastro. Entonces cerró la puerta y se alejó un poco. El trabajo con la pintura en aerosol fue rápido. Los vapores la marearon ligeramente y le provocaron una risa tonta. Pero en cuanto terminó, dirigió la linterna hacia el cable y comprobó satisfecha que no había reflejos.

—Bien —murmuró.

Echó una mirada al reloj. Faltaban solamente unos minutos para que llegara el hombre. Había pensado esperar el mayor tiempo posible para asegurarse de que ninguna otra persona resultara herida. Pero se daba cuenta de que era muy poco probable que acudiera alguien más. Ninguna persona en su sano juicio saldría voluntariamente en motocicleta con el tiempo que hacía.

Levantó el cable, le dio un jalón de prueba y volvió al coche para irse cuanto antes de allí.

Accionó la manija de la puerta. Bloqueada. Buscó en los bolsillos. Nada. No tenía las llaves.

—No, por favor, ahora no. Cualquier cosa menos esto —dijo casi sin aliento.

VICTORIA

Volvió a repasar mentalmente los puntos de la lista y comprobó una vez más que no había olvidado nada. Si su salvadora desconocida cumplía su parte y Malte se comportaba de forma tan predecible como siempre, podía estar segura de que ya no tendría que verlo nunca más.

Sacó de la despensa los ingredientes que necesitaba para las albóndigas con puré de papas y los colocó sobre la barra. En Rusia había soñado con ser actriz. De hecho, había llegado a participar en un grupo de teatro, pero se había ido antes del estreno de la primera pieza, cuando quedó claro que no le darían el papel protagonista.

Ahora, en apenas unas horas, tendría que demostrar su talento histriónico. Después, sería libre.

BIRGITTA

Birgitta sintió pánico. ¿Dónde podía haber dejado las llaves? Miró a su alrededor y volvió rápidamente sobre sus pasos, iluminando el suelo con la linterna del celular.

—¡Por favor, por favor! —susurró.

¿Podía echarse atrás? ¿Quitar el cable, volver a casa y olvidarlo todo? Las otras mujeres no conocían su identidad. Jamás podrían encontrarla. Pero entonces tampoco se libraría de Jacob. ¿Qué sería de los gemelos cuando ella hubiera muerto? No tenían la fuerza necesaria, no estaban preparados para la vida.

Volvió al coche y dirigió hacia el interior el haz de la linterna. Las llaves debían de haberse quedado dentro. Iluminó el camino, en busca de una piedra. ¡Allí! La recogió, la sopesó un momento con la mano y enseguida la estrelló con todas sus fuerzas contra la luna del lado del acompañante. El cristal estalló en una lluvia de fragmentos diminutos.

Se quedó mirando el agujero que acababa de abrir de una pedrada.

Al minuto siguiente, oyó el motor de un vehículo que se acercaba.

Volteó. Por el camino principal avanzaba un faro solitario, que torció hacia el sendero.

Echó una última mirada desesperada al coche rentado antes de atravesar la zanja y adentrarse unos pasos en el bosque. El ruido del motor se volvió más intenso. Escondida detrás de una roca, respirando agitadamente, vio cómo se iluminaba el camino delante de ella. No distinguía el cable, pero el vehículo estaba cada vez más cerca de los dos árboles.

Cuando le faltaban pocos metros para llegar, Birgitta cerró con fuerza los párpados. Cuando volvió a abrir los ojos, vio perderse la moto en el bosque y oyó que chocaba contra un árbol. El ruido del motor cesó. Estiró el cuello para ver si divisaba al motociclista. ¿Viviría aún? El bosque estaba en silencio. Sus pasos despertaron ecos en el camino.

El cable había cedido.

Siguió el rastro de la moto, que se perdía en el bosque.

El hombre estaba tendido delante de un árbol, con los brazos y las piernas retorcidos en ángulos antinaturales, como un monigote dibujado por un niño pequeño.

—Dios mío —susurró Birgitta—. Dios mío...

Se acercó lentamente, buscando con la mano temblorosa el teléfono. Lo encontró y por un momento intentó en vano iluminar al accidentado con la linterna, pero finalmente se dio por vencida y se conformó con observarlo a la luz tenue de la pantalla del celular.

Un leve movimiento del brazo le hizo comprender que todavía vivía. Un reguero de sangre le manaba del borde del casco y se le derramaba por el suéter. Birgitta le acercó un poco más el teléfono y dejó escapar un grito cuando vio que del pecho le sobresalía una rama bastante gruesa. Se tapó la boca para no gritar. Tenía que salir de allí cuanto antes.

Unos veinte minutos más tarde, Birgitta estaba al borde del pánico. Había conseguido encender la linterna para buscar las llaves dentro del coche, pero no había podido encontrarlas. Se tumbó en el suelo para mirar debajo del vehículo. ¿Y si se iba caminando? No, imposible. La empresa de renta de coches tenía su nombre y la policía le preguntaría por qué había abandonado el lugar del accidente. Podía responder que había perdido el teléfono y que había ido a pie a buscar ayuda. No, no le creerían. Podían comprobar fácilmente que el celular había estado todo el tiempo en la zona, encendido. Pero no podía quedarse hasta que llegara la policía. ¿O quizá era precisamente lo que debía hacer? Echó una mirada al coche, intentando ordenar los pensamientos. Si la sorprendían en el escenario del accidente sin haber llamado a la policía, sospecharían de ella. Reflexionó un momento antes de llamar al 112. Se agachó al lado del accidentado y le levantó la visera del casco. Tenía los ojos vidriosos y sin vida. Un chasquido le indicó que se había establecido la comunicación.

—¡Socorro! —gimió—. Necesito ayuda. Hay un hombre muerto.

Le contestó una voz femenina, serena y responsable.

—¿Qué pasó?

—Un accidente, un accidente horrible.

VICTORIA

Se acercó a la ventana abierta y aguzó el oído. Silencio. Divisaba el contorno del bosque sobre el campo, pero no veía ningún movimiento. Consultó el reloj. Malte estaba muerto. Tenía que estar muerto. Durante un segundo sintió pánico, pero se obligó a tranquilizarse. Las albóndigas se estaban empezando a pegar al fondo de la sartén. El olor la sacó de sus cavilaciones. Todo tenía que parecer normal, como cada día. Dejó abierta la ventana y fue a la cocina. Tomó el mango de la sartén y la sacudió un par de veces. La policía se presentaría tarde o temprano, y entonces ella tendría que interpretar el papel de esposa devota. ¿Cómo reaccionaba una persona cuando le anunciaban que su ser más querido había muerto? Ella debería saberlo mejor que nadie. Pero no tenía ni la más remota idea. No recordaba nada de las horas posteriores al asesinato de Yuri.

¿Había hablado con alguien? ¿Había llorado, gritado? Lo único que conservaba en la memoria eran unas pocas imágenes borrosas de cuando se había arrojado sobre el cuerpo de Yuri, de la sangre que le manaba del orificio en el pecho y de cómo le había sostenido la cabeza, mientras la vida lo abandonaba. A su alrededor, la gente gritaba despavorida y se empujaba y pisoteaba entre sí para huir. Recordaba los ojos de Yuri, su mirada fija en el techo. Pero ¿cómo estaba ella? Victoria no lo sabía.

Levantó la tapa de la olla y el vapor le quemó la muñeca. Las papas de Malte estaban listas, pero él ya no volvería a comer nunca más. Victoria no había hecho nada malo. Era una buena esposa que esperaba a su marido en casa, con su plato favorito. Al cabo de un momento oyó sirenas y corrió a la ventana. En el bosque brillaban las luces azules de las patrullas.

BIRGITTA

Se apostó junto al camino principal. Cuando vio acercarse el vehículo de la policía, exactamente trece minutos después de llamar al 112, se puso a agitar los brazos frenéticamente. El aullido de la sirena cesó. Dos policías, un hombre y una mujer, la miraron con expresión grave. El hombre iba al volante. La mujer bajó la ventana para hablar con ella. Birgitta les señaló el bosque.

—Allí. Está allí, en el bosque. ¡Es horrible!

—Tendrá que venir con nosotros para enseñarnos el camino —dijo el hombre.

Birgitta hizo un gesto afirmativo. Sentía que el corazón se le salía del pecho. Abrió la puerta trasera de la patrulla y se sentó. Les indicó que doblaran por el sendero del bosque.

—¡Gracias a Dios que vinieron! No sabía qué hacer. Creo que está muerto. ¡Es tan espantoso! ¡Pobre hombre, pobre hombre!

Los agentes guardaban silencio. La mujer volteó y la observó un momento. Su mirada era difícil de interpretar. ¿Desconfiaba de ella? Unos metros antes del lugar donde había tensado el cable, Birgitta les indicó que se detuvieran y se bajaron del vehículo sin apagar el motor. Los faros iluminaban el bosque. La mujer policía se fijó en el coche rentado.

—¿Es suyo ese vehículo?

—Sí, es mío. Yo...

—Muy bien. Enséñenos dónde está el hombre.

Birgitta les indicó el bosque.

—Está por aquí, el pobre. No entiendo qué pudo haberle pasado.

Los agentes se acercaron al hombre accidentado y se pusieron a hablar entre ellos en voz baja. La mujer se llevó la mano al hombro y dijo algo por la radio. Birgitta miró a su alrededor en la oscuridad. Estaba nerviosa, sentía que corría peligro. Era culpable de asesinato y acababa de mentir a la policía. Pero a los ojos de los dos agentes, no era más que una maestra de primaria preocupada, una testigo casual que había cumplido con su deber cívico de llamar al 112.

—Puede regresar al coche.

Otra vez era la mujer policía la que se dirigía a ella.

—¿Puedo irme ya?

—No, tendremos que tomarle declaración. Espéreme allí. Iré dentro de un momento.

Mientras esperaba, intentó nuevamente encontrar las llaves. En vano. La batería del celular estaba en rojo. Se estaba agotando. Jacob debía de estar preguntándose dónde estaría. En diez minutos la cena tenía que estar lista. Debería inventarse una buena excusa. Como si eso fuera a ayudarle en algo.

Abrió la puerta trasera de la patrulla y se sentó con los pies fuera del vehículo, apoyados en la grava del suelo.

Al cabo de un momento vio que la agente iba hacia ella, seguida de su compañero. Birgitta se inclinó hacia delante y apoyó la cabeza sobre las manos. Los dos policías se detuvieron frente a ella.

—¿Se encuentra bien? —le preguntó el hombre.

El hombre le caía mejor que la mujer. Daba la impresión de ser más amable y menos suspicaz que su colega.

Birgitta asintió y tragó saliva varias veces, con cierta teatralidad.

—¿Cómo se llama? —preguntó el policía acercándose a ella.

—Birgitta. Birgitta Nilsson.

—Su coche... tiene un cristal roto y le falta la placa —le dijo el agente, agachado delante de ella.

—Lo sé —susurró Birgitta.

—¿Qué ocurrió?

—Me lo abrieron hace unas horas, en Sala. Para robarme.

Levantó la vista. La mujer policía estaba examinando con la linterna uno de los árboles donde Birgitta había atado el cable.

—Thomas, ven a ver esto —dijo, mientras se acercaba al árbol—. Un cable. ¡Un puto cable!

El agente se incorporó y se puso unos guantes. Los dos se inclinaron para estudiar el cable antes de voltearse hacia Birgitta, que hizo un esfuerzo para fingir que todo era nuevo para ella.

—Entonces... ¿no fue un accidente? —murmuró—. ¿Están seguros?

Los policías intercambiaron una mirada y sólo entonces respondió la mujer.

—No lo sabemos. ¿Qué se llevaron?

—¿Quiénes?

—Los ladrones que le abrieron el vehículo.

—Mi bolsa y las placas.

El policía se acercó al coche rentado y lo iluminó por dentro con la linterna. Dejó que el haz de luz recorriera un momento el interior del vehículo, antes de regresar. Birgitta intentó interpretar su expresión. ¿Habría visto algo que no encajaba? ¿Desconfiaba de ella?

El hombre se aclaró la garganta.

—¿Ya hizo la denuncia?

Birgitta negó con la cabeza, esforzándose por parecer preocupada. No era difícil.

—No, todavía no. Pensaba hacerlo esta tarde, cuando volviera a casa.

—¿Vive cerca de aquí?

—No, en Estocolmo. Fui a Sala a visitar a mi hermana Gunilla, que está enferma. Y mientras estaba en el hospital, me rompieron el cristal del coche. Pero yo solamente quería volver a casa.

El agente suavizó un poco la expresión y le apoyó una mano sobre el hombro. Ella levantó la vista y le sonrió.

—¿Qué hacía por aquí, si se dirigía a Estocolmo?

—Me equivoqué de camino.

—¿Y siguió veinte kilómetros por el camino equivocado?

—Nunca he sabido orientarme muy bien, siempre me pierdo. Pensaba ir a Heby a comer algo, pero me pasé de largo y después no me atrevía a girar completamente en un camino tan estrecho. Me metí en el bosque para tratar de dar la vuelta y entonces fue cuando ocurrió.

La radio crepitó y los dos levantaron la mano en un movimiento sincronizado para pedirle que guardara silencio. Escucharon. Birgitta se secó las manos sudorosas en los pantalones.

—Entonces ¿presenció el accidente?

—No. Solamente oí un ruido espantoso. Tenía mucho miedo, pero pensé que podía haber algún herido y por eso salí del coche para ir a ver. Y así fue como lo encontré.

—¿Lleva su documentación? —preguntó la mujer.

Tenía una expresión que parecía de desconfianza. Birgitta hizo un gesto negativo, mientras se preguntaba si habría llegado el momento de esforzarse por producir algunas lágrimas.

—La tenía en la bolsa que me robaron —dijo en tono lastimoso—. Sólo quiero volver a casa con mi marido. ¡Qué día tan horrible! No sé cómo le voy a hacer para trabajar mañana con mis pobres alumnos. Quizá debería pedir un día de baja por enfermedad. Soy maestra, ¿saben?

—Pero ¿usted ha...?

El hombre apoyó una mano sobre el antebrazo de su colega.

—Discúlpenos un momento.

Se apartaron un poco. Birgitta no oía lo que decían, pero parecía que les costaba ponerse de acuerdo. Regresó la vista hacia el coche rentado. Las placas estaban debajo de la cajuela. No se había atrevido a tirarlas en el bosque, por el riesgo de que pudieran encontrarlas cuando se hiciera de día. La bolsa y el bote de aerosol yacían ocultos debajo del asiento delantero. Si registraban el coche, descubrirían que había sido ella quien había pintado y tensado el cable. Los policías se le acercaron una vez más. El hombre pisó algo duro. Se agachó y lo recogió.

Estaba demasiado lejos para que Birgitta pudiera distinguir lo que tenía en la mano.

—¿Esto es suyo? —dijo el policía, caminando hacia ella.

Birgitta sintió náuseas. ¿Qué podía haber encontrado? Forzó la vista en dirección al policía. Le brillaba algo en la mano. ¡Las llaves del coche!

—¡Oh, Dios mío! ¡Gracias, agente! Se me deben de haber caído cuando salí al camino a esperarlos.

El hombre se las dio.

—Déjenos sus datos de contacto, y después podrá irse —le señaló sonriendo.

124

La mujer policía parecía contrariada, observando la escena desde cierta distancia, con los brazos cruzados sobre el pecho.

Birgitta les indicó un número de teléfono que no era el suyo, y después se despidió. El policía la acompañó hasta el coche.

—¿Podrá llegar sola a su casa? —le preguntó, antes de que ella cerrara la puerta.

—Sí, seguro que sí. Conduciré con prudencia. Gracias, agente.

Cerró la puerta e introdujo la llave en el contacto. El motor arrancó y Birgitta se dispuso a alejarse del lugar. Pero en ese mismo instante sintió que le golpeaban la ventana. Sobresaltada, atinó a bajar la luna.

—¡No olvide denunciar el robo! —le dijo el policía.

VICTORIA

Cuando llamaron al timbre, Victoria comprobó por última vez los preparativos para la cena y se secó las manos en el delantal que se había puesto para la ocasión.

Abrió la puerta y se esforzó por parecer asombrada. Los dos policías la miraron con expresión grave.

—¿Sí? —dijo ella en tono interrogativo.

—¿Podemos pasar?

Victoria asintió y se hizo a un lado. El hombre cerró la puerta después de entrar y se presentó como Olof Lönn. Luego señaló a su compañera:

—Y ella es mi colega, Lisa Svensson.

Victoria observó que la mujer miraba por encima de su hombro, en dirección a la cocina, donde estaba servida la mesa para la cena. Olof Lönn se quitó los guantes y miró alrededor con un gesto poco decidido. Su vacilación le dio un poco de pena a Victoria.

—Hubo un accidente no lejos de aquí. La persona accidentada es su marido, Malte Brunberg.

Victoria fingió alarmarse y clavó la mirada en el hombre. Olof Lönn tragó saliva y meneó la cabeza.

—Se salvará, ¿verdad? Dígame que se salvará.

—Lo siento. Ha fallecido.

—¿Están seguros de que es Malte?

—Por desgracia, sí, estamos seguros. Llevaba encima el permiso de conducir. Y la moto es suya.

—¿Les parece bien si...? Quiero decir..., ¿puedo sentarme? —preguntó Victoria, indicando con un gesto la mesa de la cocina.

Mientras Olof Lönn la llevaba hasta la silla sujetándola del brazo, su colega fue a llenar un vaso de agua y se lo puso delante. Victoria bebió unos sorbos.

—¿Qué ocurrió?

Los agentes intercambiaron una mirada y entonces Olof Lönn volvió a tomar la palabra.

—No hemos podido determinarlo con certeza. ¿Sabe si hay alguien, tal vez algún vecino, que acostumbre tender cables en el camino?

—¿Cables?

—Sí, cables. Entre los árboles.

Victoria se llevó una mano a la boca.

Después explicó que Malte había comprado varios metros de cable en una ferretería un par de semanas antes. Estaba muy irritado con los jóvenes que a veces pasaban a toda velocidad en moto por el camino forestal. Ella había intentado disuadirlo, diciéndole que alguien

128

podría resultar herido y que probablemente era ilegal, pero Malte se había negado a escucharla.

—¿Por qué tomó la moto esta mañana, con el tiempo que hacía?

Victoria levantó la vista. Era la primera vez que hablaba Lisa Svensson, la mujer policía.

—No lo sé. Adoraba esa motocicleta. Yo siempre le decía que condujera con prudencia, sobre todo estos días, con los caminos helados. Pero Malte no me escuchaba.

Una lágrima le temblaba en el rabillo del ojo.

—Pero ¿por qué pasó por el sendero para ir a trabajar esta mañana, si había colocado el cable esta semana o tal vez ayer mismo?

Victoria aparentó reflexionar un momento.

—El buzón. Está en el camino principal. Malte solía recoger el correo por la mañana, de camino al trabajo. Seguramente se olvidó del cable y por eso siguió por el sendero después de recoger el correo.

A continuación tendió la mano, en busca de una servilleta de papel para enjugarse las lágrimas.

INGRID

Miró a su alrededor, introdujo la llave en la cerradura del portal y respiró aliviada al ver que se abría. Entró en el vestíbulo y estudió las placas con los nombres de los vecinos. Julia Wallberg vivía en el último piso, el quinto. Ingrid dejó escapar un suspiro. No le gustaban los elevadores, pero no podía hacer nada al respecto. Tenía que actuar con rapidez. Últimamente se había visto obligada a hacer muchas cosas que no le gustaban.

Entró en el elevador y pulsó el botón. Los guantes de Tommy eran demasiado grandes, pero no podía quitárselos. El hallazgo de fibras de los guantes o incluso de algún pelo en la casa de Julia siempre podría explicarse por la infidelidad. Una huella dactilar suya, no.

Lo que estaba a punto de hacer excedía sus más locas fantasías. Al principio había centrado toda su venganza en Tommy, pero su ira siguió creciendo y se volvió más intensa con el paso de los días. Y a medida que crecía su furia, su fantasía se iba ampliando.

Salió del elevador en el quinto piso y comprobó que todo estuviera en silencio. Cinco minutos. Ni uno más. Se agachó, abrió con cuidado la pestaña que había en la puerta para echar los periódicos y la correspondencia e intentó ver el interior del departamento. La luz estaba apagada. Se incorporó y abrió la puerta con la llave. Una combinación de olores ajenos la asaltó. Dudó unos segundos. Quizá debería echarse atrás, volver por donde había llegado y conformarse con lo que le esperaba a Tommy.

Volteó para marcharse, pero su mirada fue a parar al perchero, donde había una chamarra de su marido.

—Cabrón —susurró.

Entró en el departamento y sus pasos hicieron crujir las tablas del parquet. Las ventanas de la sala de estar daban a los muelles. Al otro lado del canal se erguían los edificios de Liljeholmen. Las paredes estaban tapizadas con fotografías en blanco y negro. Marilyn Monroe parecía ser el fetiche de Julia. Marilyn sonriendo, Marilyn fumando, Marilyn mirando al objetivo con expresión sensual...

¡Qué predecible eres, Julia! —murmuró Ingrid—. Me decepcionas. Pensaba que serías mucho más interesante.

Empujó la puerta del dormitorio. Había una cama grande con una cabecera enorme. De inmediato la invadieron imágenes de lo que harían Julia y Tommy en esa cama.

Cerró la puerta precipitadamente y volvió a la sala de estar. Tenía que encontrar un lugar que Julia no mirara con frecuencia. Abrió el mueble de la televisión. Varias revistas antiguas, dos álbumes de fotos... Reprimió el impulso de hojearlos, haciendo un esfuerzo por recordar lo que había ido a hacer a esa casa. El mueble de la televisión le serviría. Metió la mano en la bolsa y extrajo la bolsita. Cinco gramos de cocaína, que había comprado en una darknet y había pedido que se la mandaran a casa en taxi.

La estaba empujando ya hasta el fondo del mueble, debajo de los periódicos, cuando se detuvo. Fue al baño. En un vaso sobre el lavabo había dos cepillos de dientes. Los tomó y frotó la bolsa con sus cerdas. No podía inventarse las huellas dactilares, pero los restos de ADN serían suficientes.

La caída de Julia no era más que una compensación añadida. Se ocuparía de ella más adelante, cuando Tommy estuviera muerto. Dejó la bolsita sobre el lavabo, giró sobre sí misma y recogió la escobilla del inodoro. La pasó por encima de los cepillos de dientes.

—No pretendas que te bese, Tommy querido —susurró, mientras dejaba los cepillos de dientes en su sitio y volvía a la sala de estar.

Mientras se dirigía a la estación de metro de Hornstull, le envió un mensaje a Tommy.

Se te cayeron las llaves en el
garaje.

133

VICTORIA

El tren entró en la estación Central. Victoria había estado solamente una vez en Estocolmo, con Malte, el día que había llegado de Rusia. Al bajarse del tren, disfrutó del anonimato que le ofrecía la multitud. En la ciudad no era una esposa comprada por internet, no era nadie en particular. Era una más entre miles de personas.

Disponía de dos días. Lo primero que haría sería comprarse un vestido adecuado porque, según las instrucciones de la carta, tenía que ir a una fiesta a bordo de un barco. Le habían enviado cinco mil coronas justamente para eso. No llegaría al nivel de los modelos que le regalaba Yuri, pero se moría por vestirse bien y arreglarse un poco después del tiempo que había pasado con Malte. Llegó a una parada de taxis, donde esperaba una fila de vehículos.

El cielo era azul pálido y el sol brillaba sin fuerza.

Un taxista le hizo una señal para que se acercara, guardó su equipaje en la cajuela y le sostuvo la puerta para que entrara. Victoria se sentó.

—Al Grand Hotel, por favor —dijo.

El conductor hizo un gesto afirmativo y arrancó.

Victoria no sabía casi nada del hombre al que tenía que matar, pero la mujer que había decidido su fin seguramente tendría sus razones, lo mismo que ella con Malte. Victoria no figuraba con su nombre auténtico en la lista de invitados a la fiesta, sino como Natasha Svanberg. Tenía instrucciones sumamente detalladas sobre la manera de proceder.

Sacó del bolsillo la foto de la identificación del hombre, que miraba a la cámara con una leve sonrisa. Tenía ojos claros de mirada amable y mandíbula de líneas bien definidas. No parecía mala persona, pero ella sabía mejor que nadie lo mucho que una fotografía puede engañar acerca de la verdadera naturaleza de un hombre.

Si estaba en su mano ofrecerle a otra mujer la libertad de la que ella disfrutaba desde la muerte de Malte, seguiría con mucho gusto las instrucciones. El taxi se detuvo delante de un majestuoso edificio frente al canal. Al otro lado se erguía un palacio que reconoció enseguida. Pagó el viaje y el taxista bajó para abrir la cajuela. Antes de que la maleta tocara el suelo, acudió un botones dispuesto a llevársela.

—Gracias —le dijo Victoria con una sonrisa.

—Después de usted —respondió el hombre de aspecto estirado.

INGRID

Tommy roncaba a su lado. Ingrid pensó que sería su última noche juntos. Curiosamente, no sentía nada, ni remordimiento, ni cargo de conciencia. Sólo indiferencia. Quizá fuera una reacción determinada por la biología. El hombre que ella había elegido para reproducirse, la persona que debía protegerla a ella y a la descendencia de ambos, la había defraudado. Las había abandonado, a Lovisa y a ella.

Al día siguiente, Tommy moriría a manos de una mujer desconocida. Pero eso no sería todo. Su prestigio de periodista honesto y trabajador saltaría por los aires. Toda Suecia sabría muy pronto qué clase de escoria humana estaba al frente del tabloide más importante del país. Ola Pettersson y Kristian Lövander, los reporteros que Tommy se había negado a despedir, parecerían monaguillos a su lado. Quedarían patentes sus razones para protegerlos.

Ingrid dejó escapar un suspiro y volteó, dando la espalda a Tommy.

Necesitaba dormir. Al día siguiente no podría descansar ni un momento. Tendría que levantarse antes que su marido para prepararle el desayuno.

Por la noche su madre se quedaría con Lovisa. En cuanto dejara a la niña en su casa, iría a un restaurante, donde procuraría que la viera mucha gente.

Quedaría impune tanto del asesinato de su marido como de la destrucción de la reputación del director de periódico más famoso de Suecia.

VICTORIA

Después de subir rápidamente a su habitación para dejar las bolsas con el vestido negro y el abrigo blanco de piel que se había comprado, Victoria bajó al bar.

De inmediato notó que atraía las miradas de la clientela masculina. Se sentó en uno de los sillones y enseguida se le acercó un mesero con camisa blanca.

—Vodka, por favor —dijo sin mirarlo ni estudiar la carta.

—¿Con hielo?

Victoria dijo que no con un gesto. Mientras esperaba, tomó el periódico que encontró sobre la mesa. Quedó fascinada por la portada, dedicada al movimiento #Me-Too. Hacía mucho que no leía el periódico, por lo menos desde el verano. Absorta en la lectura del editorial, no notó que ya le habían servido la copa. El siguiente artículo, un extenso reportaje de la sección de sociedad,

139

trataba sobre el modo en que los hombres en posiciones de poder abusan de las mujeres jóvenes.

Tras leer el primer párrafo, Victoria levantó la vista en busca del mesero y descubrió que ya tenía el vaso de vodka delante, sobre una servilleta. Bebió un buen trago, pero estuvo a punto de atragantarse con la bebida porque, de repente, en medio de la página, vio la fotografía del hombre que tenía que matar.

Parpadeó con incredulidad y volvió a mirar.

No tenía la menor duda. Era el mismo.

«Tommy Steen, director de *Aftonpressen*, declara que este periódico se toma muy en serio las denuncias de acoso sexual formuladas contra dos de sus colaboradores», rezaba el pie de foto.

El texto desarrollaba su punto de vista, según el cual el periódico no podía actuar antes de que hubiera una sentencia condenatoria contra los dos hombres. También se defendía de las críticas dirigidas contra él, que lo acusaban de no hacer públicos los nombres de los acosadores, aunque no había dudado en mencionar nombres en otros casos de diferentes ámbitos de la vida pública.

Victoria estaba un poco nerviosa. Bebió otro trago de vodka y dejó el periódico abierto sobre la mesa. ¿De modo que el hombre en cuestión se llamaba Tommy Steen y era el director del periódico que tenía delante? Su estado de ánimo oscilaba entre el pánico y la excitación.

El mesero se le acercó y carraspeó discretamente.

—Se lo envía el caballero de la barra —dijo, señalando con un leve movimiento de la cabeza a un hombre elegante con traje oscuro.

Dentro del recipiente para hielo que el mesero depositó sobre su mesa había una botella de Moët & Chandon. Victoria le dedicó al hombre una sonrisa deslumbrante y el mesero se dispuso a descorchar la botella.

INGRID

Estiró mecánicamente la mano y apagó la alarma del celular antes de que sonara más allá de dos segundos. Se sentía despierta y descansada.

Su marido masculló algo mientras ella se ponía la bata y salía del dormitorio. En el pasillo estaba colgado el traje que Tommy se pondría para la fiesta de esa noche. Dentro del bolsillo delantero, debajo del pañuelo, había una bolsita con dos gramos de cocaína.

En la cocina, Ingrid encendió la cafetera que había dejado preparada la noche anterior. Echó un vistazo al calendario en la pantalla de la computadora.

20:00. Fiesta a bordo del Scandinavia.

El grupo mediático internacional al que pertenecía *Aftonpressen*, que también era propietario de un par de canales de televisión y decenas de periódicos y revistas de Suecia, había rentado el majestuoso barco para su fiesta anual. Como hacía un tiempo relativamente bueno y los canales de Estocolmo no se habían congelado pese a ser diciembre, Ingrid tenía entendido que saldrían a hacer un breve recorrido por el archipiélago. Tommy la había invitado solamente por obligación pero, para alivio de ambos, ella había declinado la invitación. De todos modos, había conseguido incluir a una tal Natasha Svanberg en la lista de invitados, en nombre de Tommy.

Empezaron a sonar las tuberías del agua. Tommy nunca se quedaba mucho tiempo bajo la regadera.

Ingrid sacó una taza, sirvió el café, le echó un poco de cocaína que todavía le quedaba y revolvió con una cucharita.

Después se sirvió otra taza para ella y puso el iPad sobre la mesa.

VICTORIA

Las gruesas cortinas impedían que se colara la luz. La suite estaba a oscuras y los muebles no eran más que sombras. A su lado yacía Al, el americano alto que había conocido la víspera. Respiraba pesadamente, sin llegar a roncar. El pelo que el día anterior llevaba tan bien peinado le formaba un remolino en la coronilla.

Victoria echó un vistazo al teléfono. Eran las nueve menos cuarto. No podían haber dormido más de tres o cuatro horas.

El americano, de nombre Alan DePietro, era empresario del sector petrolero y había vivido varios años en Rusia. Por eso, tras acercarse a su mesa y preguntarle si podía acompañarla, había pasado directamente a hablar en ruso. Era un hombre educado y tenía mucho encanto y experiencia de la vida. La trataba con respeto, sin precipitación. Se habían quedado hasta la hora de cierre del bar y entonces él la había invitado a subir a su habitación. De entrada, Victoria le había dicho que no. Pero cuando vio que Al no insistía, pagaba la cuenta y le deseaba buenas noches, se arrepintió.

—¿Tienes vodka en tu habitación? —le había preguntado con una sonrisa.

La suite estaba en el piso más alto del hotel y constaba de tres habitaciones alineadas. Una amplia terraza con vista al palacio real se extendía sobre el lado más largo de la suite. Era la habitación de hotel más fantástica que Victoria había visto en toda su vida. Se sentía como Julia Roberts en *Pretty Woman*. Nada más entrar, Al la había dejado elegir lo que pedirían al servicio de habitaciones. Les habían servido una cena completa en la terraza, sobre una preciosa bandeja de plata. Estocolmo dormía a sus pies, mientras ellos comían y bebían envueltos en cobijas. Alan prácticamente le doblaba la edad. Tenía casi cincuenta años. Contaba anécdotas de los barones del petróleo de Texas y había conocido personalmente a muchos de los magnates rusos que Victoria sólo había visto por televisión. Cuando ella se lo pidió, le describió su mansión, de un lujo inimaginable, y le habló de su avión privado.

Pero además de entretenerla con historias de una vida larga y emocionante, la había escuchado, había valorado sus puntos de vista y había calificado de «interesantes» sus opiniones.

Después, cuando empezaron a tener frío, propuso ir al sauna. Se habían llevado el champán al baño, pero no llegaron al sauna. En lugar de eso, pasaron directamente al sexo en la regadera y, después de secarse rápidamente, siguieron en la enorme cama.

Victoria se apartó las cobijas, se acercó a la ventana y descorrió un poco la cortina. Un tenue rayo de luz partió en dos la habitación e iluminó las copas y la botella vacía de champán en el buró.

Recogió su ropa, se la puso y se dirigió sigilosamente hacia la puerta. Era una pena no volver a verlo nunca más.

—¿Natasha?

Se paró en seco. No le había dicho su nombre verdadero y se había inventado la historia de que trabajaba en una tienda de moda, pero ahora se arrepentía. Por lo menos en lo referente al nombre.

—Pensaba dejarte dormir —se excusó.

Al le indicó con un gesto que se acercara y ella se sentó en el borde de la cama.

—Anoche, mientras dormías, estuve pensando —le dijo Al con una sonrisa—. Como ya te dije, estoy divorciado, y por eso suelo celebrar las fiestas navideñas bebiendo hasta perder el sentido en hoteles donde el personal cobra una fortuna por hacerles compañía a desgraciados como yo. Este año reservé un «todo incluido» en Barbados.

Victoria esperó pacientemente a que continuara, haciendo un esfuerzo sobrehumano para reprimir la sonrisa que estaba a punto de iluminarle la cara.

—Lo que quiero proponerte es que me acompañes hoy a Ginebra o que te reúnas conmigo antes del fin de semana y que después vengas a celebrar la Navidad conmigo en Barbados. ¿Querrás venir? Estocolmo está muy bien, pero el clima es detestable —añadió Al, indicando con un gesto la ventana.

—No sé. Había pensado ir a Rusia a ver a mi madre.

Al sonrió, pero Victoria notó que estaba decepcionado.

—Entiendo —dijo él, y le dio una palmadita en la mano—. Una pena.

BIRGITTA

Al principio, Birgitta Nilsson había pasado cada hora del día esperando a que la policía llamara a su puerta para esposarla y llevársela detenida. Pero no hubo visita de la policía, ni interrogatorios ni condena.

Antes de devolver el coche rentado, lo había llevado a un taller y había pagado en efectivo para que le cambiaran la luna rota.

Pero el mal que acechaba en su cuerpo seguía extendiéndose, hasta que el cansancio se convirtió en su estado habitual. Aun así, no acudió a ninguna de las citas con el médico, ni con el hospital. Ya no quería vivir, pero la mantenía viva el convencimiento de que debía cuidar de los gemelos. No quería avergonzarlos con la revelación de que su padre era un maltratador. Pero en cuanto Jacob muriera y le desaparecieran las marcas y los moretones del cuerpo, comenzaría el tratamiento contra el cáncer. Los malos tratos de Jacob se habían intensificado. Eran más crudos y estudiados. No le pegaba para lastimarla, sino para desahogarse. La golpeaba de manera mecánica, sin emoción ni sentimiento. Y Birgitta también recibía los golpes sin ninguna emotividad. Quizá por eso le pegaba más fuerte.

Esa tarde despidió a sus alumnos, recogió sus papeles y ordenó un poco el aula antes de cerrar la puerta con llave.

En el pasillo quedaba solamente Lovisa Steen.

—¿Cómo estás, preciosa? —le preguntó Birgitta a la niña.

—Bien.

—¿De verdad?

La niña asintió con la cabeza.

—¿Por qué no te has ido a casa?

—Mamá vendrá a buscarme un poco más tarde y después me llevará a casa de la abuela.

—¡Qué bien! ¿Te gusta visitar a tu abuela?

Birgitta la ayudó a colgarse de los hombros la mochila enorme y las dos juntas siguieron por el pasillo, a lo largo de la fila de percheros.

—Mamá y papá se van a divorciar —dijo de repente Lovisa y enseguida se mordió el labio inferior.

Birgitta se sorprendió. ¿Tommy e Ingrid Steen? ¿La pareja más perfecta de Estocolmo? Increíble.

Lovisa tenía los ojos llenos de lágrimas.

—No llores, corazón —le dijo Birgitta, llevándola hasta una banca.

Una vez allí, la ayudó a sentarse sobre sus rodillas. Después la abrazó, sin saber qué más decir.

Se quedaron un rato en silencio.

Birgitta sintió que una lágrima le humedecía la mano.

—Tengo cáncer. Me voy a morir —susurró.

Entonces se dio cuenta de que la lágrima era suya.

VICTORIA

Llegó al muelle apenas unos minutos antes de la hora programada para que zarpara el *Scandinavia*. Dos guardias enfundados en gruesas chamarras negras la miraron sin interés, buscaron su nombre en una lista, hicieron un gesto afirmativo y la dejaron pasar. Sus tacones de aguja resonaron sobre la pasarela mientras subía a bordo. Por las ventanas pudo ver que los invitados no habían perdido el tiempo. La fiesta ya había comenzado y la música despertaba ecos en la cubierta, que estaba vacía con la única excepción de unos pocos fumadores valientes que desafiaban al frío para satisfacer su necesidad de nicotina. Victoria abrió la puerta y entró. Los hombres vestían trajes oscuros, la mayoría sin corbata, y las mujeres lucían vestidos de fiesta. Localizó la barra al fondo del salón y hacia allí se dirigió, procurando no establecer contacto visual con nadie. Enseguida se puso a buscar a Tommy Steen, el hombre al que debía matar.

Frente a la barra había un pequeño escenario con un soporte para el micrófono, dos guitarras, un bajo y una batería.

Un hombre calvo de unos sesenta años subió al escenario con una copa de champán en la mano y comprobó el funcionamiento del micrófono golpeándolo con el índice. Los murmullos se interrumpieron y todos los rostros voltearon hacia él.

—¡Estimados colegas, bienvenidos a bordo! Dentro de escasos instantes zarparemos e iremos a dar una vuelta por el archipiélago...

Victoria dejó de prestar atención y siguió buscando en la sala con la mirada. Cuando ya comenzaban los aplausos al final de la intervención del hombre calvo, descubrió entre la gente a Tommy Steen. Lo tenía bastante cerca, a su izquierda, al lado de una mujer joven. Ambos aplaudían.

Estaban muy juntos el uno del otro, tal vez demasiado para ser simplemente dos compañeros de trabajo que por casualidad se habían sentado cerca. De vez en cuando, la mujer apoyaba la mano sobre la de él y parecía como si ejerciera una leve presión. Había algo entre ellos. Era indudable. ¿Sería esa mujer la que había encargado el asesinato y organizado la asistencia de Victoria a la fiesta? De ser así, se comportaba con una frialdad increíble e incluso enfermiza.

—¡Salud!

El hombre del escenario levantó la copa para brindar con el público.

Victoria se llevó la copa a los labios y bebió un pequeño sorbo. No quería beber demasiado. Tenía que estar sobria, aunque le habría encantado poder aliviar el nerviosismo con un poco más de alcohol.

La sala volvió a estallar en aplausos. Victoria dejó la copa sobre la barra y aplaudió también. El hombre bajó del escenario y el barco empezó a moverse.

INGRID

No estaba habituada a tener tanta gente a su alrededor. El restaurante Riche estaba lleno hasta el tope. Había famosos de la tele, periodistas conocidos y algunos políticos. El murmullo de las conversaciones era ensordecedor. Los que no tenían mesa se agolpaban junto a la barra, situada a pocos metros de los comensales que ya estaban cenando. La barra del Riche era conocida como «el abrevadero de los divorciados», porque en ella solían congregarse muchos cuarentones recién separados en busca de nuevas parejas. En medio del bullicio se oyó el ruido de un vaso roto en algún lugar de la sala.

—... y entonces me dijo que esta vida no era la que él había imaginado, que siempre había soñado con algo totalmente diferente. ¿Te das cuenta? Tiene cuarenta y cinco años, pero se comporta como si tuviera quince. ¡Es un hombre, no un puto bebé! ¡Tiene cero sentido de la responsabilidad!

—Tremendo —dijo Ingrid meneando la cabeza, mientras se llevaba a la boca un trozo de pescado.

Carina Feldt era una antigua colega de *Aftonpressen* que cinco años atrás había decidido dejar el periodismo para dedicarse a la edición. Ahora llevaba medio año envuelta en un complicado proceso de divorcio con el padre de sus dos hijos, Gustaf Hammar, el rey de las relaciones públicas de Estocolmo.

Una noche, después de acostar a los niños, Gustaf le había anunciado el fin de su relación. Ya no estaba enamorado de ella y quería tener más tiempo para sí mismo. No había margen para la negociación, ni siquiera se lo planteaba. Ya se había comprado un departamento en la otra punta de la ciudad.

—Así que ahora se queda con los niños un fin de semana sí y otro no. Es lo único que está dispuesto a hacer. Vive como si tuviera veinte años. Sale a beber con sus empleados, está de fiesta hasta el amanecer y hace el ridículo tanto como puede. Es patético.

—Patético —confirmó Ingrid.

Le daba pena su amiga, pero le costaba prestarle atención. Los pensamientos se le iban todo el tiempo al *Scandinavia* y a Tommy. Todo estaba preparado. Ella ya había hecho su parte y lo que pasara a partir de ese momento estaba fuera de su control. No podía hacer nada. El barco debía de haber zarpado ya y la fiesta estaría en su punto culminante. Tommy estaría encantado de la vida, haciéndole cariñitos a Julia más o menos abiertamente.

Ingrid esperaba que todo acabara cuanto antes. No veía la hora de que el mundo descubriera a Tommy como un cocainómano sin escrúpulos y no como el periodista serio que todos pensaban que era.

Carina se levantó para ir al baño y desapareció entre la multitud que rodeaba la barra. Ingrid introdujo la mano en la bolsa para buscar el celular, pero sus dedos tocaron otra cosa.

VICTORIA

Tenía que acercarse a Tommy y hablar con él, pero la joven no se apartaba de su lado. Hacía dos horas que navegaban, las luces de la costa se veían cada vez más lejanas y los periodistas a su alrededor estaban cada vez más borrachos. Ella seguía junto a la barra, respondiendo con monosílabos a quienes la abordaban, sin perder de vista a su objetivo.

Mientras tanto, un grupo de música se estaba preparando para subir al escenario. Al ver que tomaban los instrumentos y la cantante rubia con chamarra de cuero empuñaba el micrófono, la sala estalló en gritos de entusiasmo. Victoria volvió a buscar a Tommy en el lugar donde había estado hasta ese momento, pero había desaparecido. Al cabo de unos minutos localizó su espalda entre la gente. Su acompañante no estaba con él, quizá porque se había ido al baño. Tommy conversaba animadamente con el hombre que había subido al escenario para dar la bienvenida a los invitados.

Era el momento de actuar. Victoria había practicado muchas veces lo que tenía que decir. Tomó la copa de vino y se abrió paso entre el público, que solamente prestaba atención al escenario.

Le tocó un codo a Tommy, se inclinó un poco y le susurró al oído la frase que había estado ensayando. Pero sus palabras quedaron sofocadas por las aclamaciones de la gente, porque justamente en ese instante la cantante había tomado el micrófono para hablar. Tommy se le quedó mirando, sin entender.

—Trabajo en la embajada rusa y tengo información sobre espionaje contra Suecia —repitió Victoria, esta vez un poco más alto—. Venga conmigo, tenemos que hablar.

Tommy se quedó un momento sin saber qué hacer, pero enseguida reaccionó.

Hizo un gesto afirmativo y señaló con la mano la puerta junto a la barra. No pareció que nadie se fijara en ellos. Todas las miradas estaban concentradas en el escenario, donde la cantante empezaba a interpretar el primer tema. Salieron en silencio a un pasillo desierto, donde sus pasos resonaron de manera un poco siniestra. Al final se detuvieron delante de una puerta con un ojo de buey que daba a la cubierta.

—Por aquí —le dijo Tommy, sosteniéndole la puerta para que ella pasara.

Victoria observó con alivio que no había nadie fuera. Se dirigió hacia la popa, para que no los vieran si alguno de los invitados salía a fumar. Con Tommy siguiéndola a unos pasos de distancia, dobló la esquina y fue a situarse junto a la borda, que tenía un barandal de más de un metro de altura.

El barco dejaba una estela de pequeñas ondas blancas coronadas de espuma en el agua oscura del canal, flanqueado a ambos lados por el bosque. Tommy se situó junto a Victoria, con los brazos apoyados sobre el barandal, y ella interpuso entre ambos su bolsa de mano.

—¿Dijo que trabaja en la embajada de Rusia?

Victoria asintió, sin mirarlo a los ojos.

—Mi país espía al suyo. Han instalado micrófonos en su periódico.

Tommy se acarició la barbilla. Parecía escéptico.

—¿Por qué me lo cuenta?

—Porque quiero irme de Rusia y solicitar asilo en Suecia.

Tommy sacó un paquete de cigarros y se lo tendió a Victoria, que tomó uno, antes de que él se sirviera también.

—Lo dejé hace tiempo, pero todavía fumo en las fiestas —explicó él mientras le encendía el cigarro a Victoria.

Sus miradas se cruzaron durante un instante al fulgor de la llama que temblaba en su mano ahuecada. Había algo íntimo en el momento y Tommy tenía cierto atractivo.

El cigarro no se encendió.

—Déjeme a mí —dijo ella.

Tomó el encendedor y volteó para ocultarse del viento. Tommy estaba de espaldas, mirando las aguas del canal y esperando. Con un empujón sería suficiente.

—¿Cómo va eso? —preguntó él por encima del hombro.

—Ya casi —dijo ella.

Victoria se quitó los zapatos de tacón y se abalanzó sobre él.

INGRID

Se habían bebido todo el vino, los platos ya no estaban en la mesa y la conversación empezaba a decaer. Las pausas eran cada vez más largas. Carina tenía los ojos vidriosos por el cansancio y la bebida. El ruido de la barra comenzaba a ser molesto y la pared humana había avanzado un poco más hacia la mesa de Ingrid, porque cada vez había más gente en el restaurante.

Ingrid estaba exaltada y no sabía si era por la bebida o porque había notado que aún suscitaba miradas libidinosas, probablemente una combinación de ambas. En especial un hombre de pie junto a la barra había despertado su interés. Debía de tener treinta y tantos años, era moreno y vestía camisa negra y jeans también negros. De vez en cuando se le quedaba mirando abiertamente con sus ojos brillantes y ella le devolvía la mirada.

—¿Te parece que nos vayamos ya? —preguntó Carina, tendiendo la mano hacia su abrigo.

—Sí, claro —respondió Ingrid.

Pero no quería que la velada terminara. No quería volver a la casa grande y desierta de Bromma. Muy pronto sería libre, libre para hacer todo cuanto deseara. Tommy tendría su merecido y ella volvería a nacer. Una sensación embriagadora la invadió.

—Espera un momento —respondió—. Tengo que ir al baño.

Ingrid notó que el hombre de la barra la observaba mientras ella recogía sus cosas y se abría paso hacia los sanitarios.

Después de cerrar la puerta, sacó la cocaína de la bolsa, encontró un billete viejo y arrugado y se preparó rápidamente una línea como las que se preparaban sus amigas más atrevidas cuando todavía salía de fiesta toda la noche. Nunca había probado las drogas, con la excepción de unas cuantas fumadas de hachís durante un fin de semana en Copenhague, cuando era joven.

Inhaló el polvo blanco, comprobó con la cámara del celular que no le había quedado ningún rastro debajo de la nariz y abrió la puerta.

El mundo tembló a su alrededor y se volvió más acogedor y emocionante. Ingrid volvió a abrirse paso entre la gente que atestaba el local, en dirección a la mesa donde la esperaba Carina.

Ya en la calle, se despidieron con un abrazo delante de la cola de taxis.

—Toma tú el primero —dijo Ingrid, señalando con un gesto el vehículo.

Se quedó en la acera, saludando con la mano mientras su amiga se acomodaba en el asiento trasero. Esperó a que arrancara el taxi y entonces volvió a entrar en el Riche. De inmediato se dirigió hacia el hombre de negro en la barra, que la miró sorprendido. Se sentía rebosante de confianza en sí misma.

—¿Vives cerca? —preguntó directamente.

—En Vasastan.

—Perfecto —dijo Ingrid—. Dime la dirección y vete para allá.

El hombre se echó a reír.

—Odengatan 35.

Cinco minutos después, Ingrid bajaba por Birger Jarlsgatan a bordo de un taxi. El corazón le latía con fuerza y la cabeza le daba vueltas, pero de una manera agradable. Discretamente, se llevó una mano a la entrepierna y notó que estaba húmeda.

VICTORIA

Contempló la caída silenciosa de Tommy, que sólo empezó a gritar cuando estaba a pocos metros del agua. Enseguida el cuerpo desapareció en el mar oscuro y Victoria se quedó apoyada en el barandal. Unos segundos después, vio que Tommy volvía a aparecer y oyó sus gritos desesperados. Miró por encima del hombro, para comprobar que no se acercaba nadie, y entonces tomó el cigarro y el encendedor, e inhaló profundamente.

Las funciones del cuerpo se detendrían antes de que Tommy llegara a tierra nadando. El frío lo mataría. No le había dado la impresión de que fuera una mala persona, pero ¿qué sabía Victoria? La mujer que quería verlo muerto seguramente tendría sus razones, como las había tenido ella con Malte.

Consultó el reloj. Ya debían de estar volviendo a Estocolmo. Regresó a la fiesta. El mismo grupo seguía en el escenario y la cantante rubia cantaba a pleno pulmón,

169

echada hacia atrás, con la mirada fija en el techo. Nadie había notado nada. Victoria se dirigió al mismo sitio de antes y pidió una copa de vino blanco. Estaba tranquila. La fiesta seguía desarrollándose tal como estaba previsto. Faltaba más o menos una hora para que el barco volviera a atracar en Nybrokajen y entonces ella desaparecería sin llamar la atención. Los invitados estaban tan borrachos que ya no sabían ni cómo se llamaban. ¿Y después? ¿Adónde iría después? ¿Volvería a Rusia? Pensó en Al y una sensación de calidez le invadió el cuerpo. Le gustaba ese hombre. La había tratado bien; quizá no tanto como Yuri, pero se notaba que entendía a las mujeres. Era un hombre serio. ¿Y si aceptaba su invitación para pasar las fiestas en Barbados? Pero ¿qué haría hasta entonces?

INGRID

El hombre la estaba esperando delante del portal, al lado de un bar frente al cual se congregaban pequeños grupos de fumadores. Le tendió la mano y se presentó.

—Lukas.

—Encantada —dijo ella con una sonrisa—. A mí puedes llamarme Johanna.

El hombre arrugó el entrecejo.

—¿Cómo que «puedo llamarte»?

—No es mi nombre verdadero. ¿Vas a abrir o no?

Lukas se encogió de hombros, tecleó el código de la puerta y la sostuvo para que ella pasara primero. A Ingrid le divertía la situación. Le gustaba tener el control. En el elevador se situaron frente a frente y ella lo miró de arriba abajo. Le gustó lo que vio. Cuando se cruzaron sus miradas, él sonrió.

—Eres muy guapo, ¿sabes? —afirmó ella.

Lukas se echó a reír.

—Tú también.

Su casa, un pequeño departamento de dos dormitorios que daba a Odengatan, estaba en el cuarto piso. Sin quitarse los zapatos, Ingrid fue directamente a la ventana. Sintió un cosquilleo en todo el cuerpo cuando Lukas se le acercó por detrás y le apoyó las manos en la cintura, pero el efecto de la droga empezaba a remitir.

—Espera un momento —le pidió—. ¿Dónde está el baño?

Lukas se lo enseñó y ella tomó la bolsa. Se preparó otra línea en el lavabo y enseguida notó que se le aceleraba el pulso y le subía la temperatura corporal.

Él seguía junto a la ventana. Ingrid se coló entre su cuerpo y la pared, y fue a sentarse en el alféizar, donde lo atrajo hacia sí. Se besaron. La boca de Lukas sabía a alcohol. Le desabrochó los pantalones y sopesó en la mano su sexo endurecido, sintiendo que su respiración se volvía más pesada.

Abajo, en Odengatan, se oyó gritar a un borracho.

Ingrid se quitó toda la ropa, excepto los zapatos de tacón, y quedó desnuda ante él. Después apoyó los codos sobre el alféizar de la ventana y arqueó la espalda.

TERCERA PARTE

INGRID

La bandera de Suecia ondeaba a media asta en lo alto del edificio de la redacción.

Ingrid iba vestida de negro. Aunque era invierno y no había visto el sol en toda la semana, ocultaba la cara detrás de unos enormes lentes oscuros.

Se bajó del coche. Detrás de las puertas corredizas, la estaba esperando Mariana Babic, que salió a su encuentro y la recibió con un cálido y prolongado abrazo.

—¿Te sientes con fuerzas para esto? —le preguntó en voz baja.

Ingrid asintió con entereza.

Alguien debía de haber anunciado su llegada al personal del periódico, porque toda la redacción se había reunido en torno a la mesa central. Mientras saludaba con un gesto a las caras conocidas, Ingrid intentaba localizar a Julia. El despacho de Tommy estaba vacío y habían cubierto su mesa de flores.

El presidente del consejo de administración, Ingvar Svedberg, le pasó un brazo por los hombros y la condujo suavemente hacia el centro de los periodistas congregados. Ingrid mantenía la mirada al frente. Ingvar se aclaró la garganta.

—Tommy Steen era una de las mejores personas y uno de los periodistas más valientes que he conocido. *Aftonpressen* está de luto. Toda la prensa sueca llora su pérdida. Echaremos de menos su voz firme y valerosa en los debates de nuestra sociedad...

Ingrid dejó de escuchar y siguió buscando la cara de Julia entre los periodistas reunidos.

En el interrogatorio policial había confesado a regañadientes que Tommy consumía cocaína y que ella había hecho todo lo posible para que lo dejara.

También había añadido, con aparente vacilación, que dos semanas atrás había descubierto que Julia Wallberg, la presentadora de los programas de televisión de *Aftonpressen*, era quien lo ayudaba a conseguir la droga. Cuando lo había dicho, los agentes habían intercambiado una mirada. Ingrid sabía que la policía de Estocolmo perseguía con particular empeño a los famosos implicados en delitos relacionados con el narcotráfico para demostrar a la sociedad y a los políticos que se tomaba el tema muy en serio. Toda persona conocida que caía en una batida contra la droga era publicidad positiva para la policía. Por eso Ingrid estaba convencida de que actuarían contra Julia. Era de esperar que la investigación implicara registrar a fondo el departamento de la periodista, lo que supondría el final de una carrera que hasta ese momento había sido una sucesión de éxitos. Probablemente todos los presentes sabrían ya que la policía había encontrado un sobre de cocaína en el saco de Tommy y que los análisis toxicológicos apuntaban a que había consumido droga antes de caer por la borda.

La información ya había llegado a las redes y a los medios digitales. Ingvar Svedberg podía cantar las excelencias de Tommy hasta quedarse afónico, pero a los ojos de la sociedad, el periodista muerto no era más que un cocainómano que había caído al mar durante una fiesta de su empresa porque estaba demasiado borracho o drogado.

—... un accidente, un trágico accidente, que además ha dejado viuda a una mujer fantástica y ha privado a una niña de su querido papá.

Ingrid apretó los labios mientras Ingvar se aclaraba la garganta y hacía una inhalación profunda para controlar la emoción.

—Hagamos ahora un minuto de silencio en homenaje a Tommy.

BIRGITTA

Birgitta llevaba desde la mañana observando a Lovisa. Era el primer día de escuela de la niña desde que su padre había sido hallado muerto en aguas del archipiélago. Aunque le daba pena verla tan callada y distante, coincidía con la directora y la jefa de estudios en que lo mejor para la niña era volver a la rutina diaria lo antes posible.

También los otros alumnos parecían más silenciosos que de costumbre. Comprendían lo sucedido y demostraban respeto por su compañera. Eran muy buenos niños. Birgitta se sentía muy orgullosa de la clase que tenía bajo su responsabilidad. Todos serían buenos ciudadanos y ciudadanas en el futuro.

Al salir al patio, Birgitta vio a Lovisa caminando hacia el coche con su madre, vestida de negro. Sin poder contenerse, Birgitta la llamó por su nombre. Ingrid Steen volteó, le dijo algo a Lovisa y fue al encuentro de la maestra.

—Sólo quería expresarte mis condolencias —le dijo Birgitta—. ¡Qué accidente tan horrible y trágico!

—Gracias —respondió Ingrid.

Birgitta pensó en algo más que decir.

—Lovisa es... Tienes una hija maravillosa... y muy valiente. Puedes estar orgullosa de ella.

Ingrid asintió con la cabeza y se dispuso a regresar con su hija.

—Seguramente estarás rodeada de amigos, pero si en algún momento necesitas algo, no dudes en llamarme —añadió Birgitta.

—Muchas gracias —repitió Ingrid, antes de irse.

Birgitta se les quedó mirando a las dos antes de emprender a toda prisa el camino de vuelta a casa. Pensaba preparar una buena cena para Jacob y los gemelos. Sería la última vez que cenarían juntos y quería que pasaran un rato especialmente agradable. La criticarían como siempre y pondrían los ojos en blanco cada vez que ella abriera la boca. Con los años se había acostumbrado a su desprecio, pero todavía le lastimaba. A veces deseaba haber tenido también una hija. Las chicas eran menos despiadadas que los chicos. Tal vez la vida le parecería un poco más fácil si tuviera a alguien que le devolviera un poco de amor.

INGRID

Los árboles y arbustos que separaban los jardines tenían las ramas desnudas. La temperatura comenzaba a acercarse al punto de congelación. Ingrid no había previsto que la calle fuera a estar tan cerca de su casa. Había tenido que contenerse para no buscar el nombre de la mujer cuyo marido estaba a punto de morir. ¿La conocería? ¿Se habría cruzado con ella en los pasillos del supermercado? ¿Tendría algún hijo en la misma clase que Lovisa? Se caló un poco más el gorro de lana sobre la frente.

Las casas de los alrededores, con coronas de Adviento en las ventanas, parecían tranquilas. Todo indicaba que en su interior vivían personas normales y honestas. Sin embargo, había por lo menos una mujer que odiaba a su marido hasta el punto de querer matarlo. Probablemente más de una.

Los barrios residenciales eran una cárcel sin rejas para las mujeres, que se quedaban en casa por obligación o por amor a los niños. Ingrid no mataría a un hombre, sino que liberaría a una mujer, del mismo modo que la muerte de Tommy la había liberado a ella.

BIRGITTA

La casa estaba en silencio y Jacob roncaba a su lado. Birgitta había tenido que hacer un esfuerzo para mantenerse despierta, pese a la creciente tentación del sueño. De vez en cuando su marido tomaba pastillas para dormir, por lo que no le había sido difícil moler un par y ponérselas en la última copa de la noche.

Jacob iba a morir y ella cumpliría su promesa de amarlo y respetarlo en la pobreza y en la riqueza, hasta que la muerte los separara. El seguro de vida que había contratado sería más que suficiente para los gemelos, al menos hasta que pudieran valerse por ellos mismos.

Birgitta estaría a su lado hasta el final. Él la había elegido y ella se había sentido halagada. Había confundido con bondad su carácter silencioso, quizá porque en la infancia identificaba la maldad con los gritos y la estridencia. Pero ahora llevaba en el cuerpo las marcas de su crueldad.

Apartó con cuidado la cobija, bajó de puntitas al piso inferior y abrió la puerta principal. De regreso al piso de arriba, no pudo contenerse y entró en el estudio de Jacob. Sobre el alféizar de la ventana reposaba el candelabro de peltre de cinco brazos que Jacob había heredado de su madre. Qué absurdo, recubrir con un material inflamable un objeto así.

Tres semanas después de la muerte de su suegra, Jacob le había pegado con ese mismo candelabro. Pero no en la cabeza. Se lo había estrellado contra un costado mientras los gemelos dormían. Le había roto dos costillas. Birgitta había pasado muchas noches en vela.

Jacob siempre había sabido cómo controlar sus malos impulsos y ella había aprendido a controlar el dolor físico que le causaba su violencia. Se preguntaba si alguna vez se comportaría de la misma forma con los demás. Tras el nacimiento de los gemelos, había temido que ellos también acabaran sufriendo sus estallidos de ira. Desde el primer momento se había prometido que si alguna vez les levantaba la mano, lo mataría. Pero Jacob nunca había castigado a los niños, aunque gritaran, alborotaran o se pelearan entre ellos. De repente, oyó un ruido en la puerta.

—¿Qué estás haciendo en mi estudio?

INGRID

Observó un momento la casa de dos pisos y consultó rápidamente el reloj. Era la hora. La puerta principal tenía que estar abierta. Lo único que debía hacer era encender una vela y tirar otra al suelo, y después volvería a su casa. Miró a su alrededor y empujó el portón. La grava del sendero, endurecida y congelada, crujía bajo sus pies. Al llegar a la puerta, se detuvo y aguzó el oído. Todo estaba en silencio.

—En el piso de arriba, segunda habitación a la derecha —se repitió entre dientes.

Giró con cuidado la manija y entró. Sacó del bolsillo las fundas azules de plástico y se las puso por encima de los zapatos. La casa olía a cena, a vida, a personas desconocidas. A un lado de la pared había fotografías enmarcadas, pero no las miró. No quería saber. No podía saber.

Se dirigió de puntitas a la escalera. Subió un peldaño. Dos. De repente se detuvo. Ruido en el piso de arriba. Una voz. La voz de un hombre, llena de ira contenida. Después, un golpe.

Ingrid se preparó para huir.

BIRGITTA

Jacob la inmovilizó contra la pared.

—¿Qué estabas haciendo en mi estudio?

Era imposible que estuviera despierto. Birgitta había molido dos somníferos y se los había echado en el whisky. ¿Sería que no se lo había bebido?

Jacob la sostuvo contra la pared, preparó el golpe y lo descargó. Birgitta sintió que se quedaba sin aire cuando el puño se estrelló contra su vientre. Se desplomó mientras él la miraba con desprecio.

—¿Me estabas espiando, puta arpía? ¿No te he dicho mil veces que no entres en mi estudio?

No le dejó margen para responder. Le dio una patada, pero Birgitta levantó los brazos y bloqueó el pie con el codo. Jacob hizo una mueca de dolor y los ojos se le encendieron de ira y maldad.

La mujer que tenía que encender la vela y asegurarse de que los papeles empezaran a arder debía de estar a punto de llegar. Tal vez ya estaba en la casa. Pero ¿qué podía hacer ella? Seguramente se iría y Birgitta no podría culparla.

—Por favor, Jacob, por favor...

Jacob se inclinó, la agarró del pelo y lo jaló para levantarla. Birgitta quedó de rodillas, gimiendo débilmente.

—Tú lo que estás pidiendo es el cinturón, perra asquerosa —dijo Jacob con voz sibilante—. ¡Pues ahora lo vas a probar, zorra!

La soltó y cerró las cortinas.

INGRID

Los cuchillos brillaban alineados entre los platos recién lavados. Se puso los guantes de látex, eligió un cuchillo de carne, grande y bien afilado, y lo sopesó en la mano. Ya había oído suficiente. Volvió de puntitas a la escalera y empezó a subir. Se oían unos sollozos débiles. En algún lugar de la casa se cerró una puerta.

—Ahora resulta que esta vieja arpía no quiere obedecer...

Ingrid se agazapó en lo alto de la escalera y esperó. El hombre iba hacia ella. Todavía no le había visto la cara, pero ya había oído todo lo que tenía que oír. Mientras esperaba, sentía el odio bullir en su interior. Los pasos se oían cada vez más cerca. Cuando el hombre estuvo a pocos metros de distancia, Ingrid se abalanzó sobre él. En el último momento debió de oírla, porque volteó, levantó un brazo y ella sintió un dolor quemante en la mejilla.

Pero era demasiado tarde, porque ya le había hundido el cuchillo en el vientre. El hombre abrió la boca y la miró sin comprender. De la garganta le brotó un ruido sordo. Ingrid extrajo el cuchillo y volvió a clavarlo. Varias veces más.

Solamente dejó de apuñalarlo cuando el hombre se desplomó en el suelo y entonces se quedó mirando su cuerpo sin vida. ¿Qué iba a hacer ahora? Había matado a un ser humano.

Oyó un gemido, pero no provenía del hombre, sino de la habitación cerrada.

—Está muerto —anunció Ingrid—. ¿Tú estás bien?

Silencio.

Repitió la pregunta.

—Estaré bien —respondió finalmente la mujer detrás de la puerta.

Ingrid habría querido entrar en la habitación, abrazarla, consolarla y decirle que su infierno había terminado.

—Quédate donde estás —dijo—. Es mejor que no nos veamos las caras.

Pensó un momento.

—Lo que pasó aquí es un intento de robo que acabó mal. Sorprendieron al ladrón, que mató a tu marido. Me llevaré el cuchillo. Ahora tengo que irme. Llama a la policía en cuanto me haya ido.

—Gracias, muchas gracias.

Ingrid miró a su alrededor y descubrió en el suelo un cinturón a poca distancia del hombre. Con eso le había pegado en la mejilla. Lo levantó, lo enrolló y se lo metió en el bolsillo.

EPÍLOGO
Un año después

El aire era cálido. Aunque el sol ya se estaba poniendo, la temperatura en el sur de Florida todavía superaba los treinta grados. Dos mujeres compartían una mesa redonda en la terraza de un bar de playa con vista al mar. Desde la carretera les llegaba de vez en cuando el ruido de un motor o de un claxon. Ingrid Steen y Victoria Brunberg no se habían visto nunca, pero cada una conocía el secreto más profundamente oculto de la otra. La conversación era vacilante, prudente y educada.

—¿Dices que estuviste en Barbados? —preguntó Ingrid.

—Sí, en Navidad. También estuve el año pasado, con mi prometido —respondió Victoria Brunberg.

—¿Se porta bien contigo?

—Muy bien.

Victoria se llevó la copa a los labios y bebió lo que quedaba.

—¿Y tú?

Ingrid hizo un gesto negativo.

—No, yo vivo sola con mi hija.

Señaló la playa, donde una niña rubia jugaba en la orilla.

No se habían dicho sus nombres. Por seguridad. Estaban esperando a una tercera persona. Era otra mujer que no habían visto nunca y cuyo nombre tampoco conocían, pero que también estaba al tanto del modo en que habían recuperado la libertad.

A su alrededor había turistas, parejas que se tomaban fotos o contemplaban el mar color turquesa. Las dos mujeres se sobresaltaron cuando pasó una patrulla con la sirena encendida y se echaron a reír cuando se alejó.

—¿Dónde estará? —preguntó Ingrid Steen.

—¿Será que no viene?

—Esperemos un rato más, ¿de acuerdo?

Llamaron al mesero y pidieron otro mojito para cada una. Se los sirvieron enseguida. Los vasos eran enormes y las hojas de menta relucían bajo las capas de hielo.

En ese momento apareció una mujer mayor, que miró a su alrededor antes de dirigirse a la mesa. Se pusieron de pie. La recién llegada tenía el pelo blanco y estaba bastante delgada. Su palidez no acababa de encajar entre las caras bronceadas de los turistas.

Se quedó mirando fijamente a la mayor de las dos mujeres. Victoria las miraba a las dos alternativamente, sin acabar de comprender.

—¿Se conocen?

Ingrid y Birgitta se miraron unos segundos más y finalmente estallaron en carcajadas.

ÍNDICE